Antes que o Café esfrie · 2

TOSHIKAZU KAWAGUCHI

Antes que o café esfrie. 2

Tradução
Jefferson José Teixeira

Rio de Janeiro, 2024
2ª Edição

Copyright © 2017 by Toshikazu Kawaguchi.
Publicado originalmente no Japão por Sunmark Publishing, Inc., Tóquio.

TÍTULO ORIGINAL
Before the coffee gets cold — Tales from the Cafe

CAPA
Raul Fernandes

FOTO DO AUTOR
Nobuyuki Kagamida

DIAGRAMAÇÃO
FQuatro Editoração

Impresso no Brasil
Printed in Brazil
2024

CIP-BRASIL. CATALOGAÇÃO NA PUBLICAÇÃO
SINDICATO NACIONAL DOS EDITORES DE LIVROS, RJ
MERI GLEICE RODRIGUES DE SOUZA – BIBLIOTECÁRIA CRB-7/6439

K32a
2.ed.

Kawaguchi, Toshikazu
    Antes que o café esfrie 2: novas e emocionantes viagens no tempo / Toshikazu Kawaguchi; tradução Jefferson José Teixeira. - 2. ed. - Rio de Janeiro: Valentina, 184p.; 21 cm.   2024.

    ISBN 978-65-88490-57-0

    1. Ficção japonesa. I. Teixeira, Jefferson, José. II. Título.

23-82594
CDD: 895.63
CDU: 82-3(52)

Todos os livros da Editora Valentina estão em conformidade com
o novo Acordo Ortográfico da Língua Portuguesa.

Todos os direitos desta edição reservados à

EDITORA VALENTINA
Rua Santa Clara 50/1107 – Copacabana
Rio de Janeiro – 22041-012
Tel/Fax: (21) 3208-8777
www.editoravalentina.com.br

SUMÁRIO

I. MELHOR AMIGO 7
II. MÃE E FILHO 61
III. OS NAMORADOS 107
IV. O CASAL 141

SE FOSSE POSSÍVEL VIAJAR NO TEMPO, QUEM VOCÊ GOSTARIA DE ENCONTRAR?

Caso o leitor ache necessário, na página 181 há um organograma dos personagens e suas correlações.

MELHOR AMIGO

Gotaro Chiba mente para a filha há vinte e dois anos.

"O mais difícil é viver sem mentir", escreveu Fiodor Dostoiévski. Mente-se por diversas razões. Para parecer melhor do que se é ou com o intuito de ludibriar. Certas mentiras ferem, outras salvam. Na maioria dos casos, no entanto, quem mente se arrepende.

É assim também com Gotaro. Enquanto zanza de um lado para o outro em frente ao "café da viagem no tempo" há cerca de meia-hora, pensa na mentira que pregou e tenta se convencer, resmungando para si mesmo, de que "eu não menti por prazer".

Esse café que permite voltar ao passado se situa a alguns minutos a pé da estação Jimbocho, no Centro de Tóquio, numa ruazinha cercada por prédios comerciais. Um pequeno letreiro indica o nome do estabelecimento: Funiculì Funiculà. Localizado no subsolo, não fosse essa placa a sua existência mal seria notada.

Gotaro desce a escada até uma enorme porta decorada com entalhes na madeira. Ainda resmungando, balança a cabeça, dá meia-volta e torna a subir. Repete o movimento inúmeras vezes. Pensativo, para no meio do caminho.

– Que tal deixar para se afligir depois de entrar? – diz repentinamente uma voz no topo da escada.

Espantado, vira-se e dá de cara com uma mulher pequenina ali parada. Ela está usando blusa branca, colete preto e avental vinho. Deduz que se trata de uma funcionária do estabelecimento.

– Ah, sim, bem...

Enquanto Gotaro procura formular uma resposta, a mulher passa por ele a passos ligeiros.

DING–DONG

O som da campainha ressoa quando ela entra no café.

Apesar de ter sugerido que Gotaro entrasse, não insistiu. Foi como se uma brisa tivesse soprado para lhe trazer calma. Deixado ali sozinho, ficou nele a estranha sensação de que ela havia conseguido enxergar o que se passava em seu coração.

Gotaro torna a subir e descer a escada, afinal não tem certeza se aquele é realmente o *tal* café. Está ali porque acreditou na história que um velho amigo um dia lhe contou, mas, se tudo é pura invencionice, só lhe restará passar vergonha.

Ainda que seja possível voltar no tempo, ele foi informado sobre as regras irritantes que precisará seguir. Uma delas é: *nada do que você fizer no passado poderá alterar o presente.*

Ao ouvir tal regra pela primeira vez, ele se questionou se haveria pessoas que, cientes dela, continuariam querendo viajar no tempo: "Se nada mudará...", e o pensamento vai longe.

É esse Gotaro desconfiado que agora, desejando a qualquer custo voltar ao passado, está ali parado diante da porta.

Terá aquela mulher percebido o seu dilema? O mais razoável teria sido ela perguntar se ele desejava entrar. Entretanto, o que dissera foi: "Que tal deixar para se afligir depois de entrar?"

Em outras palavras: "É possível voltar ao passado, mas que tal decidir lá dentro se é isso mesmo que você deseja?"

Resta-lhe a dúvida de como ela pressentiu que ele foi até lá com essa finalidade. Isso lhe dá uma ponta de esperança. As palavras casuais serviram de estímulo para fazê-lo se decidir.

Quando dá por si, percebe que já está segurando a maçaneta e empurrando a porta.

DING-DONG

Gotaro entra no café onde se diz ser possível voltar ao passado.

Gotaro Chiba, 51 anos. Por ter sido membro do time de rúgbi do colégio e da faculdade, sua compleição é robusta – até hoje usa ternos tamanho XXG. Vive com a filha Haruka, que está prestes a completar 23. Ele a criou sozinho e sempre disse a ela, desde pequenininha, que a mãe morrera de doença. É dono do restaurante Kamiya, estabelecimento modesto em Hachioji, na região da Grande Tóquio, que serve refeições à base de arroz, sopa e acompanhamentos. Haruka o ajuda.

Após entrar pela pesada porta de madeira maciça de mais de dois metros de altura, ele percorre um corredor que lembra o vestíbulo com chão de barro das ancestrais residências, tendo ao fundo um banheiro e, no meio, à direita, a entrada do café propriamente dito.

Ao atravessá-la, avista uma mulher sentada num dos três bancos altos do balcão, que logo grita para o cômodo dos fundos:

— Kazu... Cliente!

Ao lado dela está um menino com idade de aluno do primário e, na mesa ao fundo, uma mulher trajando um vestido branco de mangas curtas. De pele alvíssima e presença quase imperceptível, está lendo calmamente um livro.

– A garçonete acabou de voltar das compras. Sente-se, por favor, ela já vem te atender.

Embora a mulher esteja vendo Gotaro pela primeira vez, dirige-se a ele sem formalidades. Parece ser uma cliente habitual do café. Em silêncio, ele se limita a agradecer com um leve aceno de cabeça. Mesmo sentindo-se pouco à vontade com o olhar da mulher cuja feição parece lhe dizer: "Pode me perguntar o que quiser sobre este café", ele finge não perceber, senta-se à mesa mais próxima da entrada e olha à volta.

Há três grandes relógios de parede antigos. Um ventilador de madeira, girando com lentidão, pende entre dois pilares de madeira marrom-escura. As paredes são cobertas por um reboco de argila da cor do *kinako* (farinha de soja integral torrada), com pátina de manchas escuras que se espalham por toda a superfície. Por estar situado no subsolo, o café não possui janelas e, iluminado apenas pelas luminárias com cúpula penduradas no teto e um única arandela perto da entrada, é meio sombrio, com um tom sépia tingindo por completo seu interior.

– Olá, seja bem-vindo!

Do cômodo dos fundos surge a mulher que pouco antes lhe dirigiu a palavra na escada, colocando diante dele um copo d'água.

Seu nome é Kazu Tokita. Seus cabelos, de comprimento médio, estão presos e, sobre a blusa branca com uma gravata-borboleta preta, está usando um colete e um avental vinho. Ela é a garçonete do Funiculì Funiculà.

Apesar do rosto bonitinho, da pele clara e dos olhos puxados em formato de amêndoa, suas feições não são, digamos, inesquecíveis. É o tipo de rosto que, quando alguém olha, fecha os olhos e tenta lembrar o que viu, nada vem à mente. Em suma, passa despercebida. Está prestes a completar 29 anos.

— Ah, bem, aqui... é esse o café que... como dizer...

Gotaro parece perdido, sem saber como abordar o assunto de voltar ao passado. Kazu, que apenas observa, inexpressiva, a aparência confusa do freguês, pergunta:

— Para que ocasião no passado você deseja regressar?

Pode-se ouvir, vindo do fundo da cozinha, o suave som de café gorgolejando dentro do sifão.

Realmente essa garçonete consegue ler o que vai no meu coração...

O leve aroma se espalhando pelo ambiente traz de volta à mente de Gotaro as vívidas lembranças *daquele* dia.

Fora em frente a esse café que Shuichi Kamiya e Gotaro se reencontraram casualmente depois de sete anos sem se verem. Os dois tinham sido colegas no time de rúgbi da faculdade.

Na época, a empresa de um conhecido de Gotaro, da qual ele fora avalista, falira. Todos os seus bens pessoais foram arrestados. Tendo perdido a própria casa e sem um tostão no bolso, fora obrigado a viver nas ruas. Suas roupas estavam imundas, e ele cheirava mal. No entanto, mesmo constatando o estado deplorável do amigo, em nenhum momento Shuichi expressara desconforto, mostrando-se alegre com o reencontro.

Shuichi convidara Gotaro a entrar no café, onde conversaram por um tempo.

"Venha trabalhar no meu restaurante", propusera ele.

Depois de se formar na faculdade, Shuichi, aproveitando seu talento no rúgbi, ingressara no time de um grupo empresarial de Osaka, mas, em menos de um ano, sofrera uma lesão que pusera um ponto-final na sua carreira de atleta. Acabara indo trabalhar numa cadeia de restaurantes.

Eterno otimista, dera a volta por cima e, ralando duas ou três vezes mais que os outros funcionários, chegara a gerente de área, encarregado de sete lojas. Entretanto, quando se casara, decidira ter o próprio negócio. Em sociedade com a esposa, abrira um pequeno restaurante. O estabelecimento ia de vento em popa e ele precisava de pessoal, explicara a Gotaro.

"Você vai me ajudar se vier trabalhar comigo", convidara.

Exaurido pela pobreza e tendo perdido até mesmo a vontade de viver, Gotaro concordara com um leve aceno de cabeça enquanto escorriam lágrimas de gratidão pelas palavras de Shuichi.

"Ótimo! Eu aceito!"

Inesperadamente, Shuichi se levantara, fazendo a cadeira ranger.

"Ah, e quero muito que você conheça a minha filha", acrescentara sorridente e agradecido.

Gotaro, ainda solteiro, ficara surpreso ao saber que Shuichi já era pai.

"Filha?", perguntara Gotaro, arregalando os olhos.

"Ah, ela acabou de nascer. É uma bonequinha!"

Shuichi parecia alegre com a reação de Gotaro. Pegara a conta e se dirigira, ansioso, ao caixa.

"Por favor, poderia cobrar?"

No caixa estava um rapaz, talvez estudante do ensino médio, de olhos bem puxados, não muito sociável, beirando os dois metros de altura.

"São 760 ienes."

"Tire daqui, por favor."

Jogadores de rúgbi, Gotaro e Shuichi tinham uma compleição bem maior do que a média. Vendo alguém mais alto do que eles, entreolharam-se e riram, provavelmente por

estarem pensando a mesma coisa: *Caramba, o físico desse cara é de quem nasceu pra jogar rúgbi!*
"Seu troco."
Shuichi pegara o dinheiro da mão do rapaz e se dirigira à saída.

Pouco antes de se tornar um sem-teto, Gotaro recebera de herança do pai uma empresa com faturamento anual acima de cem milhões de ienes e levava uma vida luxuosa.

Tinha um temperamento sério, era um homem digno, mas o dinheiro muda as pessoas. Tornara-se orgulhoso, esbanjador e, em determinado momento, convencera-se de que o dinheiro podia comprar tudo. No entanto, quando a empresa do amigo da qual era avalista falira, a dele acabara indo pelo mesmo caminho devido às vultosas dívidas contraídas.

Na época, quando o dinheiro acabara, todos à sua volta começaram a lhe virar as costas. Até mesmo aqueles que ele considerava amigos se afastaram. Um deles lhe dissera, na cara, que um pobretão como ele não lhe servia para nada.

Apesar disso, Gotaro, que perdera tudo, era para Shuichi alguém importante.

Raras são as pessoas que conseguem agir com generosidade e altruísmo para com aqueles que atravessam dificuldades. Shuichi Kamiya era uma delas. Ao saírem do café, Gotaro decidira, sem vacilar: "Ainda vou retribuir a bondade do amigo!"

DING-DONG

— Isso aconteceu há vinte e dois anos.

Gotaro Chiba pega o copo à sua frente, molha a boca seca e suspira. Não parece ter 51 anos, apesar dos cabelos grisalhos que se destacam aqui e ali.

— E foi assim que comecei a trabalhar com empenho para Shuichi, procurando aprender as tarefas o mais depressa que podia. Porém, um ano depois... um acidente de carro. Ele e a esposa...

Mesmo tendo ocorrido havia mais de duas décadas, o choque sofrido na época parece não ter desvanecido. Gotaro tem os olhos marejados e as palavras o sufocam.

Slurrrp gulp-gulp

Nesse momento, o menino sentado ao balcão sorve de canudinho, com intenso ruído, até a última gota do seu suco de laranja.

– E o que aconteceu depois? – pergunta Kazu objetivamente, sem interromper seu trabalho. Ela nunca altera o tom de voz, não importa quão séria seja a conversa. Essa postura é, com certeza, a sua maneira de manter um distanciamento dos clientes.

– A filha de Shuichi ficou comigo e eu decidi criá-la – conta Gotaro, cabisbaixo, levantando-se devagar em seguida.
– Por favor, faça com que eu volte àquele dia, vinte e dois anos atrás.

Curvando o corpanzil numa vênia demorada e profunda, quase em ângulo reto, abaixa ainda mais a cabeça.

Ali é o café Funiculì Funiculà, tornado lenda urbana quando, mais de uma década atrás, despertou tamanha curiosidade graças à história de que nele "as pessoas podem viajar no tempo". Quase todas as lendas urbanas costumam ser meras invencionices, mas afirma-se que ali é realmente possível se deslocar para o passado.

Entre muitas histórias, ainda hoje contam a de uma mulher que voltou para reencontrar o namorado do qual se separou; da jovem que voltou para se encontrar com a irmã mais nova, morta num acidente de carro; ou da esposa que voltou para ver o marido antes que ele perdesse a memória, vítima de Alzheimer.

Contudo, para voltar ao passado, há regras irritantes, muito irritantes.

14

A primeira: *você só pode encontrar no passado pessoas que já estiveram no café.*

Se a pessoa que se deseja rever não visitou o café, até será possível voltar ao passado, mas o reencontro jamais acontecerá. Em outras palavras, a viagem se torna uma perda de tempo para a maioria dos visitantes provenientes de diferentes lugares do Japão, que vêm pela primeira vez ao café com a intenção de voltar ao passado e reencontrar alguém.

A segunda: *você não pode fazer nada no passado para mudar o presente.*

Ao ouvir tal regra, quase todos os visitantes acabam indo embora bastante decepcionados. Isso porque a maioria dos que "desejam voltar ao passado" têm como objetivo corrigir algum ato. Ao tomarem conhecimento de que não podem mudar a realidade, são raros os que persistem no seu intento.

A terceira: *para voltar ao passado, você precisa se sentar numa cadeira específica e somente nela.*

Só é possível sentar nessa cadeira quando a mulher de vestido se levanta para ir ao banheiro. Sabe-se que essa cliente vai até lá, sem falta, uma vez por dia, mas ninguém consegue prever em que momento o fará.

A quarta: *no passado, você precisa ficar sentado no mesmo lugar e não sair dele em nenhum momento.*

Caso a pessoa se levante da cadeira, acabará sendo puxada à força de volta ao presente. Assim sendo, enquanto estiver no passado, será impossível sair do café.

A quinta: *há um limite de tempo. A permanência no passado terá início quando o café for servido e você precisa voltar antes que ele esfrie.*

Além disso, não é qualquer um que pode servir o café para que a viagem no tempo ocorra. No momento, a única pessoa apta a fazê-lo é Kazu Tokita.

Apesar dessas regras realmente irritantes, muitos visitam o café depois de ouvirem inúmeras histórias.

Gotaro é um deles.

– O que você pretende fazer ao voltar para o passado? – pergunta a mulher que o convidou a sentar-se quando ele entrou no café.

Ela se chama Kyoko Kijima. Dona de casa, tem pouco menos de 40 anos e é cliente habitual do café. Está ali por acaso, mas olha com grande curiosidade para Gotaro, como se estivesse vendo pela primeira vez um freguês desejoso de viajar no tempo.

– Desculpe a indiscrição, mas que idade o senhor tem? – pergunta ela.

– Cinquenta e um – responde Gotaro, mas, equivocando-se por acreditar *estar sendo criticado por ser um adulto da sua idade desejando voltar ao passado*, fica ali cabisbaixo, observando, imperturbável, as palmas das mãos com dedos entrelaçados sobre a mesa.

– Desculpe. Eu desconheço as circunstâncias, mas esse homem... como é mesmo o nome dele? Shuichi? Ele vai se espantar ao ver você aparecer de repente, vinte e dois anos mais velho...

Como Gotaro não levanta a cabeça, ela insiste:

– Não acha que poderá ser estranho?

Kyoko olha às pressas para detrás do balcão, buscando a anuência de Kazu.

– Talvez – responde ela, sem parecer estar concordando totalmente.

– Mãe, o café não vai esfriar? – murmura o menino, um tanto impaciente, agora com o copo de suco de laranja vazio.

Seu nome é Yosuke Kijima. Filho de Kyoko, no início da primavera deste ano, ele cursará a quarta série do ensino fundamental. Tem cabelos lisos um tanto compridos e despenteados, rosto bronzeado e, fanático por futebol, está usando uma camisa do Meitoku FC com o número 9 nas costas.

Yosuke se refere ao café para viagem dentro da sacola de papel ao lado de Kyoko.

– Não se preocupe. Sua avó não gosta mesmo de bebida quente – responde Kyoko. – Espera só mais um pouquinho que já vamos – acrescenta num cochicho, aproximando o rosto da orelha do filho e lançando um olhar de esguelha para Gotaro, na expectativa de alguma resposta.

Gotaro se endireita na cadeira e levanta a cabeça como se tivesse recobrado o ânimo.

– Realmente, talvez ele se espante – admite.
– Também acho – concorda Kyoko, presunçosa.

Enquanto escuta a conversa, Kazu traz outro suco de laranja para Yosuke, que aceita calado e agradece com um rápido aceno de cabeça.

– Se é verdade que se pode voltar ao passado, há algo que desejo dizer sem falta a Shuichi.

Embora o questionamento tenha sido feito por Kyoko, Gotaro fala olhando diretamente para Kazu. Ao ouvir sobre o desejo de Gotaro, ela sai de trás do balcão e, com a expressão inalterada, se posta diante dele.

Visitantes como Gotaro iam ao café, às vezes, por terem ouvido boatos sobre poderem voltar ao passado, e Kazu tratava a todos da mesma maneira.

– Você conhece as regras? – pergunta ela de chofre.

Muitos visitantes do café as desconheciam por completo.

– Mais ou menos... – responde ele, titubeante.
– Mais ou menos? – admira-se Kyoko, exasperada.

Kazu olha de soslaio para Kyoko, sem tecer nenhum comentário em particular. Devendo imaginar que a pergunta dela atingiu o alvo, redireciona o olhar sereno para Gotaro.

– Apenas ouvi que... você se senta numa tal cadeira, alguém lhe traz um café e você volta ao passado – explica ele, sem jeito e, com a boca certamente seca devido à tensão, pega novamente o copo à sua frente.

– Explicação bem superficial... De quem você ouviu isso? – quer saber Kyoko.

– Do Shuichi.

– Se ouviu do Shuichi... hum... isso foi vinte e dois anos atrás, né?

– Foi, sim. Ele me falou quando viemos aqui pela primeira vez. Parecia conhecer bem o tal mito.

– Entendo.

– Por isso, mesmo que eu surja com essa aparência muito mais velha, Shuichi se espantará num primeiro momento, mas não haverá problema depois – responde Gotaro.

– O que você acha, Kazu?

Kyoko fala como se o poder de decisão sobre a volta ao passado pertencesse às duas. Kazu, porém, não tece comentários. Em vez disso, apenas se expressa de uma forma serena.

– Você está ciente de que, voltando ao passado, o presente não mudará, não importa o que você faça, certo?

Em outras palavras, ela quer dizer: *Não será possível impedir a morte do seu amigo.*

A maioria dos visitantes do café tinha como objetivo voltar ao passado para evitar a morte de alguém. Todas as vezes, Kazu lhes explicava a regra.

Kazu não é insensível à dor das pessoas pela perda de um ente querido, mas, por se tratar de uma regra, não há nada que ela possa fazer, não importa quem seja nem seus motivos.

– Sim, estou ciente disso – Gotaro limita-se a responder num tom brando e sereno.

DING-DONG

A campainha da porta do café soa e uma menina entra. Ao vê-la, Kazu não diz "bem-vinda", mas "ah, você chegou".

A garota se chama Miki Tokita. É a filha de Nagare Tokita, proprietário do café. Miki carrega orgulhosamente às costas uma mochila escolar vermelha *randoseru*.

– Tô na área, galera – saúda espevitada, numa voz tão alta que ressoa por todo o recinto.

– Mas que mochila mais linda é essa, Miki? – observa Kyoko.

– Ela comprou pra *moi* – responde, apontando para Kazu e abrindo um sorriso radiante.

– Ah, que ótimo, né? – diz Kyoko, lançando um olhar para Kazu. – Mas suas aulas não começam só amanhã?

Kyoko não pretende com isso censurar o uso ou ridicularizar Miki. É encantador ver que a menina, não cabendo em si de alegria por lhe terem comprado uma mochila, não conseguiu esperar pela cerimônia de início das aulas e passeou pela vizinhança com ela nas costas assim que abriu o presente.

– Exatamente – responde Kazu, esboçando um sorriso no canto dos lábios.

– E a sra. Kinuyo? Ela tá bem? – pergunta Miki, dando prosseguimento à conversa, sem alterar o tom da voz.

– Está bem, sim! Hoje mesmo, nós viemos buscar para ela sanduíche e café feito pelo seu pai, Miki! – responde Kyoko, erguendo a sacola de papel.

Yosuke, sentado ao lado da mãe, continua de costas para Miki, bebericando ruidosamente seu segundo suco de laranja.

– A sra. Kinuyo não enjoa? É o sanduíche do papai todo dia.

– Ela diz que adora os sanduíches e o café preparados por ele.

– Eu não acho grandes coisas esses sanduíches.

Como de costume, Miki fala tão alto que é impossível não se ouvir a conversa, mesmo estando na cozinha.

— Será que ouvi bem? Está dizendo que os meus sanduíches são horríveis? — Nagare Tokita, com seus quase dois metros de altura, aparece curvando seu corpanzil.

Nagare é o proprietário do café e pai de Miki. A mãe de Miki, Kei, tinha o coração fraco desde que nascera e falecera havia seis anos, pouco depois de dar à luz a filha.

Miki não dá a mínima para as intervenções de Nagare.

— Epa, tá na hora de *moi* cair fora.

Dirigindo-se a Kyoko, faz uma reverência e esgueira-se para o cômodo dos fundos.

— *Moi*?

Kyoko olha para Nagare como quem pergunta *Onde é que ela aprendeu isso?*

— Não faço a mínima... — responde ele, coçando de leve a cabeça.

Olhando de lado para Kyoko e Nagare conversando, Yosuke cutuca o braço da mãe.

— Dá pra gente ir? — insiste ele, num tom de voz um pouco aborrecido devido à demora.

— Dá, sim.

Finalmente, Kyoko percebe que as coisas se complicarão se não forem logo e se levanta às pressas do banco do balcão.

— Então, *moi* também já vou — declara, imitando Miki. Entrega a sacola de papel a Yosuke e, sem sequer olhar a conta, deixa sobre o balcão o valor do sanduíche e do café, e dos sucos que o filho tomou.

— O segundo é por conta da casa! — dizendo isso, Kazu deixa sobre o balcão o troco equivalente a um suco de laranja e começa a apertar ruidosamente as teclas da caixa registradora.

Clang, clang.

— Nada disso, tem que cobrar!

— Ele não pediu, foi só um refil.

Kyoko não tem intenção de pegar o dinheiro deixado sobre o balcão, mas Kazu já guardou o valor cobrado na gaveta da caixa registradora e entrega uma nota a ela.

– Ah... Ok, então.

Kyoko vacila um pouco, mas sabe que Kazu jamais aceitará ficar com o valor do segundo suco.

– Fico sem jeito – confessa ela, mas acaba recolhendo o dinheiro de cima do balcão. – Obrigada – agradece e o guarda na carteira.

– Mande minhas lembranças à sra. Kinuyo, por favor – pede Kazu e, dirigindo-se a Kyoko, abaixa gentilmente a cabeça.

Desde os sete anos, Kazu frequentava as aulas de pintura ministradas pela professora Kinuyo. Fora ela quem a incentivara a prestar vestibular para Belas-Artes. Depois de formada, Kazu começou a fazer bico dando aulas no curso de pintura de Kinuyo, mas agora, com a hospitalização da professora, é ela quem ministra todas as aulas.

– Sei como você está ocupada no café, mas peço que assuma as aulas de pintura esta semana também – pede Kyoko.

– Pode deixar – responde Kazu.

– Obrigado pelo suco de laranja – agradece Yosuke com um aceno de cabeça para Kazu e Nagare, ambos atrás do balcão. O menino é o primeiro a sair.

DING–DONG

– Tchau.

Kyoko também acena para os dois e acompanha Yosuke.

DING–DONG

O interior do café, até então agitado, de súbito silencia.

Não se ouve música de fundo. Por isso, se ninguém está falando, o recinto fica tão tranquilo que é possível escutar o

som da mulher de vestido branco virando as páginas de seu romance.
– Ela comentou se está tudo bem com a saúde de Kinuyo?
– Nagare está secando cuidadosamente os copos, mas, numa voz sussurrante, como se falasse consigo mesmo, pergunta a Kazu. Ela apenas faz um ligeiro movimento de cabeça.
– Entendi – diz Nagare, baixinho, desaparecendo no cômodo dos fundos.
No salão, restam apenas Gotaro, Kazu e a mulher de vestido branco.
Como de costume, Kazu está atrás do balcão arrumando as coisas.
– Se não se importa, poderia me contar mais? – pede a Gotaro.
Ela deseja ouvir dele a razão para querer voltar ao passado.
Gotaro olha de relance para o rosto de Kazu e logo desvia o olhar, inspirando fundo.
– Na verdade...
Talvez tenha sido intencional não ter desejado falar antes a razão de querer voltar ao passado – a presença de Kyoko, uma terceira pessoa. Não ser da conta dela pode ter sido o motivo.
Agora, porém, além da mulher de vestido branco, estão ali somente os dois. Gotaro começa a responder, hesitante, a pergunta de Kazu.
– Minha filha vai se casar.
– Casar?
– Sim, para ser correto, a filha de Shuichi – murmura, atrapalhado. – Sendo assim, eu quero mostrar a ela quem é o seu verdadeiro pai.
Gotaro retira do bolso interno do casaco uma minicâmera digital.
– Se eu pudesse gravar uma mensagem de Shuichi...
Ele parece triste e desalentado.
Kazu o observa fixamente.

— E depois disso? — pergunta ela, com toda a calma.

Kazu deseja saber o que acontecerá após ele revelar à moça a existência do pai biológico.

Gotaro sente o coração apertar.

Talvez seja inútil mentir para essa garçonete.

Então, prossegue, olhando para o vazio, como se tivesse a resposta preparada.

— O meu papel de pai terá chegado ao fim — responde, calmo e resignado.

Gotaro e Shuichi pertenciam ao mesmo time de rúgbi na universidade, mas já se conheciam desde o tempo em que começaram a treinar, ainda no ensino fundamental.

No início, os dois jogavam em times diferentes, então por vezes eram adversários em algumas partidas. O que não quer dizer que já haviam reparado um no outro desde aquela época. No ensino médio, continuaram jogando rúgbi em escolas distintas, mas, conforme se encontravam competindo em partidas oficiais, aos poucos foi nascendo uma amizade.

Depois disso, entraram por acaso na mesma universidade e se tornaram jogadores do mesmo time. Gotaro jogava na posição de *fullback* e Shuichi era *fly-half*.

Fly-half, também conhecida como abertura, é a posição mais importante do rúgbi, e o jogador veste a camisa de número 10. No beisebol, corresponde ao *cleanup hitter*, o melhor rebatedor; no futebol, é o craque do time.

A atuação de Shuichi como abertura era simplesmente fantástica. Seu apelido na época era "Profeta", e até corria o boato de que ele previa o futuro, afinal, não fazia apenas jogadas, mas verdadeiros milagres.

No rúgbi, quinze jogadores ocupam dez tipos de posições. Shuichi conhecia bem os pontos fortes e fracos dos demais companheiros e possuía o talento de discernir qual deles colocar em que posição para obter o melhor rendimento. Justamente por ser tão bom assim, Shuichi conquistou a confiança absoluta dos jogadores sêniores do clube de rúgbi da universidade, que desde cedo esperavam vê-lo tornar-se candidato a capitão do time.

Em contrapartida, Gotaro zanzou por diversas posições desde o ensino fundamental. Por não saber dizer não, muitas vezes era chamado para ocupar qualquer posição vaga. Quem determinou que o versátil Gotaro jogaria melhor como *fullback* foi Shuichi.

O *fullback* é um jogador superimportante, a ponto de a posição ser chamada de "Último Bastião de Defesa". Se o jogador adversário rompe a linha de defesa, é preciso impedi-lo de marcar um *try*, ou seja, de passar a linha do gol adversário para colocar a bola no chão e pontuar.

O motivo de Shuichi recomendar Gotaro para *fullback* residia na sua elevada capacidade para executar o *tackle* (derrubada do adversário que corre com a bola). Quando enfrentava Gotaro nas partidas oficiais no ensino médio, nunca conseguia passar por ele. Com o *tackle* impressionante de Gotaro, o time não tinha absolutamente com o que se preocupar. Era a eficiência defensiva dele, semelhante a uma muralha de ferro, que permitia os ataques ousados de Shuichi.

Deixando a retaguarda do time por sua conta, posso ficar descansado, costumava dizer Shuichi, antes das partidas.

E, sete anos depois de formados, os dois se reencontraram por acaso.

Após saírem do café, eles se dirigiram ao apartamento de Shuichi. Yoko, a esposa, o recebeu à porta com Haruka, a recém-nascida, no colo.

Shuichi devia ter avisado previamente Yoko, pois ela esperava Gotaro com a água da banheira aquecida para ele tomar um bom banho.

"Você é Gotaro, o *fullback*, né? Meu marido não cansa de falar sobre você!", dissera ao recepcioná-lo com cordialidade, apesar do mau cheiro que exalava.

Oriunda de Osaka, Yoko tinha um jeito mais acolhedor – típico de quem nasceu naquela cidade – que Shuichi, e era natural que só parasse de falar quando estivesse dormindo, gostando de provocar o riso com suas piadas. Tinha também raciocínio rápido e era proativa. No dia seguinte, arranjara um lugar para Gotaro morar por um tempo e roupas novas para ele vestir.

Depois que a empresa falira, Gotaro passara a desconfiar das pessoas, mas, com uns dois meses trabalhando no restaurante de Shuichi, recuperara por completo o seu jeito caloroso de antigamente.

Quando um cliente habitual do restaurante aparecia, Yoko o apresentava orgulhosa, dizendo: "Na época da faculdade, ele foi o jogador de rúgbi em quem meu esposo mais confiava." Nessas horas, apesar de constrangido, Gotaro falava, alegre, sobre o futuro que desejava para si: "Estou me esforçando para poder receber elogio semelhante aqui no restaurante."

Tudo parecia correr às mil maravilhas.

Certo dia, à tarde, Yoko se queixou de uma forte dor de cabeça, e Shuichi decidiu levá-la ao hospital. O restaurante não podia fechar, por isso Gotaro ficou para cuidar também de Haruka.

Era um dia de céu azul e límpido, com pétalas de cerejeira esvoaçando silenciosas como neve.

"Cuide, por favor, da nossa menina", pediu Shuichi ao sair, e essa foi a última vez que Gotaro o viu.

Como os pais de Shuichi e os de Yoko já eram falecidos, Haruka foi deixada com a idade de um ano completamente só no mundo. Vendo o rosto sorridente da menina no funeral de Shuichi e da esposa – incapaz de entender que os pais haviam morrido –, Gotaro decidiu que a criaria sozinho.

Dong, dong, dong...
Um dos relógios da parede dá oito badaladas.

Gotaro ergue o rosto às pressas, espantado com o som. Tem as pálpebras pesadas e a visão turva.

– Aqui é...

Examinando ao redor, pode ver o interior do café tingido pela cor sépia proveniente das luminárias com cúpula no teto. O ventilador gira lentamente, os grossos pilares e a imensa viga de madeira marrom-escura, três grandes relógios de parede claramente antigos...

Gotaro leva um tempo para perceber que cochilou. No salão, além dele só está a mulher de vestido branco.

Dá uns tapinhas no rosto, procurando reavivar a memória, e se recorda do que Kazu lhe disse: "Não se sabe quando o assento para voltar ao passado ficará livre." Ele deve ter caído no sono após ficar meio atordoado ao saber disso.

Espanta-se consigo mesmo por ter conseguido dormir depois de ter tomado a grande resolução de viajar no tempo, mas também tem suas dúvidas sobre a garçonete tê-lo deixado sozinho naquele estado.

Gotaro se levanta e chama na direção do cômodo dos fundos.

– Por favor, tem alguém aí?
Não obtém resposta.

Para ver as horas, olha para um dos relógios de parede, mas logo transfere o olhar para o seu relógio de pulso. O que mais acha estranho desde que chegou ao café são os grandes relógios antigos. Apesar de haver três deles, mostram horas completamente discrepantes.

Aparentemente, os relógios das extremidades estão com defeito, um girando rápido demais e o outro, devagar. Várias vezes tentaram consertá-los, sem êxito.

"8h12 da noite…"

Gotaro olha a mulher de vestido branco diante dele.

Dentre as histórias do café que ouviu de Shuichi, uma delas ficou bem gravada na sua memória: *Há um fantasma sentado na cadeira que permite voltar ao passado.*

É algo disparatado e dificílimo de acreditar. Justamente por isso, ele se lembra bem.

Indiferente aos olhares de Gotaro, a mulher mantém-se absorta na leitura do romance.

Enquanto examina o rosto da mulher, lhe vem a estranha sensação de já tê-la visto.

Mas isso é impossível, se ela de fato é um fantasma. Gotaro meneia de leve a cabeça e apaga a lembrança que começara a criar.

Plaft!

De repente, o som da mulher de vestido fechando o livro reverbera por todo o silencioso café. O coração de Gotaro quase salta do peito com a ação inesperada, e por pouco não esbarra e cai por cima de um dos bancos do balcão.

Se a mulher realmente é uma cliente humana habitual, não tem por que se assustar tanto, mas tendo ouvido que ela é um fantasma… Gotaro ainda não acredita nisso, mas a ideia de "fantasma = aterrorizante" está difícil de apagar.

Paralisado, sente o suor escorrer pelas costas.

Indiferente à reação de Gotaro, a mulher desliza para fora do assento e, em silêncio e segurando com cuidado o romance que estava lendo, dirige-se a passos silenciosos para a entrada.

Sentindo o coração disparar, Gotaro acompanha com os olhos a mulher passar diante dele sem fazer qualquer ruído.

Ela cruza a porta, dobra à direita e desaparece. Mais à frente fica o banheiro.

Fantasmas vão ao banheiro?

Em dúvida, Gotaro inclina a cabeça e espia o assento onde, há pouco, a mulher estava. A cadeira para voltar ao passado se encontra vazia.

Hesitante, ele se aproxima, temendo que a mulher retorne subitamente com uma aparência horripilante. Examinando-a de perto, vê que se trata de uma cadeira comum, sem nada de extraordinário. Tem pés no estilo *cabriolet* descrevendo uma leve curvatura, e o assento e o espaldar são estofados com um tecido verde-musgo. Porém, mesmo sendo leigo em antiguidades, sabe que se trata de um móvel bastante valioso.

Se eu me sentar nessa cadeira...

Tão logo pousa a mão timidamente sobre o espaldar, ouve o som arrastado de chinelos, proveniente do cômodo dos fundos.

Quando se vira, vê uma menina de pijama. Lembra-se perfeitamente: chama-se Miki e é a filha do proprietário do café.

Miki o observa com seus grandes olhos vívidos. Não fica inibida ao encarar um adulto desconhecido. É Gotaro quem se sente meio constrangido de estar sendo encarado por ela.

– Bo... boa noite...

Ele tira às pressas a mão pousada sobre a cadeira e, com um tom de voz doce, cumprimenta a menina. Ela se aproxima, arrastando os pés, até parar diante dele.

– Boa noite, *monsieur*, você quer voltar ao passado? – pergunta, encarando-o com seus grandes olhos.

– Ah, veja bem...

Confuso, ele não sabe direito como responder.

– Por quê?

Miki inclina a cabeça, ignorando a hesitação dele.

Gotaro está impaciente, achando que a mulher acabará voltando enquanto fala com Miki.

– Você pode chamar alguém do café? – pede.

Miki, contudo, parece não dar a mínima; passando rapidamente ao lado dele, para diante da cadeira onde estava sentada a mulher.

– Kaname foi ao banheiro – informa, transferindo o olhar do assento vazio para Gotaro.

– Kaname?

Miki se cala e olha para a entrada do café. Acompanhando seu olhar, Gotaro também olha para a entrada à qual, há pouco, a mulher se dirigiu para ir ao banheiro.

Como se tivesse se convencido, Gotaro assente com a cabeça.

– Ah, o nome dela é Kaname?

Em vez de responder, Miki o puxa pela mão.

– Sente-se – ela o incentiva e, mais do que depressa, pega a xícara do café que a mulher estava tomando. Arrastando os chinelos, desaparece no cômodo dos fundos.

Por um tempo, Gotaro olha vagamente para a cozinha, num espanto mudo.

Será que ela vai me ajudar a voltar ao passado?, pondera. Com o rosto tenso, ele desliza o corpo entre a mesa e a cadeira, e se senta.

Não faz ideia de qual será o procedimento para voltar ao passado, mas sente o coração acelerar só de pensar que está sentado na tal cadeira.

Passado um tempo, Miki volta segurando uma bandeja sobre a qual um bule prateado e uma xícara de café branca chacoalham.

– A partir de agora, *moi* vou servir um café – anuncia, fazendo a bandeja balançar entre as mãos.

Se... será que não tem problema...?, ele quase pergunta, mas se contém.

– Ah... hum... – balbucia ele, com uma expressão inquieta.

Miki não tem tempo para examinar o semblante de Gotaro, uma vez que seus grandes olhos vívidos estão pregados na xícara sobre a bandeja.

– Pra você poder voltar ao passado... – começa ela.

Nesse instante, vestindo uma camiseta, Nagare, inesperadamente, dá as caras vindo do cômodo dos fundos.

– Ei, Miki, que diabos pensa que está fazendo? – indaga ele, em meio a um suspiro exagerado.

Mais do que bravo, ele parece atônito com a cena, embora já presenciada outras vezes.

– *Moi* vou servir este senhor.

– Você ainda não pode. E pare de usar esse *moi*.

– *Moi* vou servir!

– Chega! Não pode.

Segurando precariamente a bandeja vacilante, a pequena Miki olha para o corpulento homem e faz beicinho.

Nagare encara Miki com seus olhos bem puxados e ainda mais semicerrados, e tem os cantos dos lábios discretamente descaídos. Cria-se um impasse entre os dois. É como se encenassem um jogo no qual perderá aquele que falar primeiro.

Sem que ninguém perceba, Kazu surge por detrás de Nagare, passa devagarinho ao lado de Gotaro e se ajoelha diante de Miki.

– *Moi*... – Os grandes olhos enfurecidos de Miki aos poucos ficam marejados. É o instante decisivo em que sente que perdeu.

Kazu abre um sorriso para ela.

– Algum dia, está bem? – limita-se a dizer, enquanto pega calmamente a bandeja das mãos da criança.

Ainda chorando, Miki ergue os olhos para Nagare.

– Isso mesmo. – É tudo o que ele diz, estendendo a mão com doçura na direção da filha.

– Tá bem – concorda ela, apertando a mão estendida e se aninhando ao lado do pai. Seu mau humor desaparece num piscar de olhos. Nagare sorri, melancólico, observando como as atitudes da menina se parecem com as da mãe.

Vendo a forma como Kazu trata Miki, Gotaro deduz que a garçonete não é a mãe. Também se sente solidário com o esforço de Nagare de lidar com uma menina daquela idade; afinal, ele próprio criou a filha Haruka sozinho.

– Vou confirmar as regras – murmura Kazu para Gotaro, que continua sentado na cadeira que permite voltar ao passado.

O interior do café permanece silencioso.

Gotaro recorda, apenas vagamente, as regras para viajar no tempo, ouvidas de Shuichi há vinte e dois anos.

Ele se lembra de que é possível voltar ao passado; de que, uma vez no passado, não se pode mudar o presente; e de que há um fantasma sentado na cadeira. No fundo, está preocupado. Por isso, recebe de bom grado as explicações de Kazu.

– A primeira regra: mesmo voltando ao passado, você não poderá encontrar pessoas que nunca estiveram neste café.

Gotaro não se surpreende. Vinte e dois anos antes, fora Shuichi quem o convidara para irem até lá. Não havia dúvidas de que o amigo tinha estado ali.

Como Gotaro não dá sinais de hesitação, Kazu prossegue rapidamente.

– Depois de voltar ao passado, por mais que se esforce, você não poderá mudar o presente.

E diz também que apenas a cadeira em que ele está sentado pode fazer voltar ao passado, não sendo possível se afastar dela; caso isso ocorra, a pessoa será transportada à força para o presente.

– Sério? – Gotaro limita-se a replicar, mas em geral tudo está dentro das suas expectativas, o que faz seu semblante permanecer impassível. – Entendi – afirma.

31

– Aguarde um instante enquanto vou passar outro café – pede Kazu ao terminar a explicação e se dirigir à cozinha.

Gotaro fica ali sentado, com Nagare de pé ao seu lado.

– Desculpe a curiosidade, mas ela não é sua esposa, correto? – pergunta ele.

Gotaro não está tão curioso assim; quer apenas puxar papo.

– Ah, não, ela é minha prima – responde Nagare, deixando o olhar recair sobre a filha. – A mãe de Miki, depois de dar a luz à...

Nesse ponto, Nagare se cala. Não porque esteja emocionado, mas por ter percebido que, mesmo não completando a frase, conseguiu transmitir a mensagem.

– Sinto muito... – lamenta Gotaro, e não pergunta mais nada. Ele compara os olhos bem puxados de Nagare com os olhos grandes e vívidos de Miki. "Ela deve ter puxado à mãe", conclui, e fica aguardando a volta de Kazu.

Pouco depois, ela retorna.

Traz a mesma bandeja que levou para a cozinha, com o bule prateado e a xícara branca. O aroma do café recém--coado impregna a sala. Uma fragrância penetra o coração de Gotaro.

Kazu se posta ao lado da mesa à qual ele está sentado e continua a explicação.

– Agora eu vou lhe servir o café.

– Tudo bem.

Gotaro baixa o olhar para a xícara. Enquanto ele encara a porcelana imaculada, quase translúcida, Kazu avança na explicação.

– O tempo no passado durará do momento em que eu servir o seu café até ele esfriar por completo.

– Entendido.

Talvez, por já ter ouvido de Shuichi as regras, ele não se admire muito ao saber que só poderá voltar ao passado por um curto período.

Kazu assente levemente com a cabeça.

– Por isso, beba todo o café antes que ele esfrie. Caso contrário... – continua ela.

Em geral, a explicação a seguir é: *você se tornará um fantasma e continuará sentado nessa cadeira*, e essa regra é a mais arriscada para aqueles que viajam no tempo. Não conseguir encontrar quem deseja ou não poder mudar o presente são fichinha em comparação com se tornar um fantasma.

Mesmo assim, dependendo de como ela explique, pode-se pensar que se trata de uma piada. Para imprimir o ar de seriedade necessário ao que está dizendo, Kazu faz uma breve pausa antes de prosseguir.

– Virarei um espectro, não é? – interrompe Gotaro, usando uma palavra idiota.

– Hein? – pergunta instintivamente Nagare, que ouve a conversa a certa distância.

– Um *espeeectro* – repete Gotaro, em claro tom de galhofa. – Quando Shuichi me falou sobre as regras, eu achei essa, especificamente, uma total maluquice. Ah, me desculpe por falar assim... É tão difícil de acreditar nela que me lembro até hoje.

Pelas experiências anteriores, Nagare sabe que, quando tal regra não é cumprida, quem mais sofre danos não é a pessoa que se tornou um fantasma, mas aquelas que ela deixou para trás. No caso de Gotaro, o choque seria algo incomensurável para a filha.

Contudo, por alguma razão, Gotaro parece não ter entendido o quão grave é desrespeitar essa regra e até vê uma certa comicidade nela, tanto é verdade que, em vez de falar fantasma, usou *espectro*. E, como o olhar de Gotaro é sério, ao invés de adverti-lo, Nagare prefere não contrapor.

– Ok, mas... veja bem... – Luta com as palavras, mas é tudo que consegue dizer.

— É exatamente isso que acontece — confirma Kazu, curta e grossa.

— Iiih... — replica Nagare, admirado com a resposta, arregalando os olhos amendoados e boquiaberto. Miki, ao seu lado, certamente sem entender o que a palavra "espectro" pode significar, encara Nagare, os olhos esbugalhados.

Entretanto, Kazu, indiferente à agitação de Nagare, continua explicando as regras.

— Lembre-se bem. Se não tomar todo o café antes que ele esfrie, você se tornará um espectro e ficará sentado para sempre nessa cadeira.

Sem dúvida, foi gentil da parte dela substituir a palavra *fantasma* por *espectro*, ou, quem sabe, ela apenas considera desnecessário explicar a diferença. Resumindo, quer mostrar que dará no mesmo, afinal, não importa como o chamem.

— Então, a mulher que estava sentada até há pouco aqui...? — pergunta Gotaro, insinuando que deseja saber se ela não pôde retornar do passado.

— Isso mesmo — confirma Kazu.

— Por que ela não conseguiu beber todo o café? — quer saber Gotaro. Ele só está curioso, mas o rosto de Kazu se torna indecifrável, como as máscaras usadas no teatro Nô.

Gotaro se pergunta se não terá sido indiscreto demais, mas a expressão no semblante dela desaparece instantaneamente.

— Ela foi se encontrar com o marido falecido, mas deve ter se esquecido do tempo e, quando percebeu, o café já havia esfriado por completo — explica Kazu, parando nesse ponto, como se não precisasse dizer mais nada.

— Entendi — diz Gotaro, exprimindo certa compaixão e sem tirar os olhos da entrada por onde, pouco antes, a mulher de vestido desapareceu.

Como ele não diz mais nada, Kazu pergunta:

— Posso servi-lo?

— Por favor — responde, entremeando um leve suspiro.

Kazu pega o bule prateado depositado na bandeja. Há no objeto um tal brilho, que deixa claro tratar-se de uma peça valiosa, até mesmo para um leigo como Gotaro.

– Então...

Gotaro sente na pele que algo no humor de Kazu muda tão logo ela profere a palavra.

Como se a temperatura no interior do café tivesse baixado subitamente, o ar fica denso, como se pudesse ser cortado por uma faca.

– Beba antes que o café esfrie... – pede, sussurrando, e começa a baixar com vagar o bico do bule prateado em direção à xícara. Esse movimento se assemelha a um ritual solene de uma beleza incomparável.

Quando o bico chega a apenas alguns centímetros acima da xícara, um fio negro de café é despejado sem qualquer ruído. De tão silencioso, não se percebe que o líquido se desloca do bule para a xícara. Apenas a superfície do café escuro como laca sobe conforme a xícara é lentamente preenchida.

Acompanhando com o olhar essa série de graciosos movimentos, Gotaro vislumbra uma fumacinha ascendendo da xícara.

Nesse momento, ele é envolvido por uma estranha sensação, como que uma vertigem, e tudo que o circunda começa a ondular e tremeluzir.

Gotaro pensa em coçar os olhos, receando que está novamente sonolento.

– Uau! – exclama involuntariamente.

Suas mãos... o corpo todo se transforma no vapor do café. O que espirala não é a paisagem ao seu redor, mas ele próprio. Assim, tudo começa de uma só vez a se mover de cima para baixo numa velocidade estonteante.

– Para... para! – grita.

Ele não é forte para diversões que provocam gritos, como montanhas-russas – quase desmaia só de olhar para elas.

Todavia, a paisagem flutuando de cima para baixo acelera ainda mais para retroceder no tempo o longo período de vinte e dois anos.

Gotaro está incrivelmente tonto. Seus olhos se revolvem. Ao se dar conta de que está voltando ao passado, sua consciência vai diminuindo cada vez mais...

Depois da morte de Shuichi e da esposa, Gotaro criou Haruka enquanto administrava sozinho o restaurante.

Sempre foi do tipo capaz de fazer tudo com perfeição e, enquanto Shuichi estava vivo, executava todas as tarefas do restaurante, desde cozinhar até mexer com a contabilidade.

Contudo, para alguém solteiro como ele, criar uma criança tão pequena sem nenhuma ajuda representava uma dificuldade hercúlea. Com um ano de idade, Haruka começou a caminhar a passos vacilantes, e ele não podia despregar os olhos dela. Além disso, como a menina chorava demais à noite, ele não conseguia dormir direito. Gotaro achou que, quando a colocasse na creche, as coisas se tornariam mais fáceis, mas Haruka ficava angustiada com estranhos, resmungando e chorando, pois odiava a hora de sair de casa.

Logo nos anos iniciais do ensino fundamental, Haruka anunciou que ajudaria no restaurante, mas só atrapalhava. Era difícil entender o significado das palavras que ela usava, e, quando Gotaro não lhe dava atenção, ela amarrava a cara. Se tinha febre, era ele quem cuidava. Apesar da idade, vivia ocupada com compromissos sociais, como festinhas de aniversário, atividades extracurriculares, Dia das Crianças, Natal... e por aí vai. Nas férias, dava uma canseira danada em Gotaro, pedindo para levá-la ao parque de diversões ou querendo comprar tudo que via pela frente.

No início da adolescência, entrou na fase da rebeldia, e, no ensino médio, certa vez, Gotaro foi chamado à delegacia por ela ter sido pega furtando numa loja.

Gotaro teve muitos problemas com a adolescente Haruka, porém, por mais difícil que fosse a situação, ele se esforçava para criar um ambiente feliz para a menina que fora deixada sozinha neste mundo.

Havia três meses, Haruka levara em casa um rapaz chamado Satoshi Obi e anunciara que estavam namorando e pretendiam se casar.

Na terceira visita, Satoshi pediu a Gotaro a mão da filha em casamento e obteve como resposta um lacônico "sim". Pensando na felicidade de Haruka, não havia motivo para ele recusar.

Depois de terminar o ensino médio, Haruka ficou mais dócil. Ingressou numa escola de gastronomia para se tornar chef de cozinha, e foi lá que conheceu Obi. Ao terminar o curso, Obi foi trabalhar no restaurante de um hotel no bairro de Ikebukuro, em Tóquio, e Haruka começou a ajudar no restaurante do pai.

Desde que o casamento foi decidido, Gotaro passou a experimentar um forte sentimento de culpa por ter mentido para Haruka.

Durante vinte e dois anos criara Haruka dizendo-lhe que era sua filha. Para ocultar a verdade, nunca mostrara a ela a certidão de nascimento. Mas, agora que iria se casar... Ao ir ao cartório tratar da papelada, Haruka descobriria que era órfã. E a mentira que Gotaro sustentara durante todos aqueles longos anos seria descoberta.

Depois de muito se angustiar, decidiu que iria contar logo toda a verdade a Haruka. No dia do casamento, Gotaro achava que o pai biológico deveria estar presente à cerimônia.

Haruka ficará arrasada quando souber, mas não me resta escolha...
Embora nada mais pudesse ser feito, Gotaro estava arrependido. Teria sido melhor ter revelado toda a verdade lá atrás.

— Senhor, desculpe... Senhor?
Gotaro acorda com alguém sacudindo seu ombro. À sua frente, está um homem forte, de calça preta e avental marrom sobre uma camisa social branca de mangas compridas arregaçadas. Gotaro reconhece o gigante como sendo Nagare, o proprietário do café. Mas um Nagare bem mais jovem.

No fundo da mente de Gotaro, reavivam-se as lembranças desse dia.

Ele não tem dúvida de que essa versão jovem de Nagare recuou vinte e dois anos.

Entretanto, o interior do café permanece completamente inalterado, mesmo decorrido tanto tempo: o ventilador de teto girando com lentidão, os grossos pilares e a imensa viga marrom-escura, as paredes cobertas por um reboco de argila, e os três relógios de parede marcando horas diferentes, tudo revestido numa cor sépia devido à iluminação tênue das seis luminárias com cúpula pendentes do teto. Por isso, se diante dos olhos não estivesse um Nagare mais jovem, Gotaro talvez nem se desse conta de que tinha voltado ao passado.

Contudo, quanto mais olha ao redor, mais seu coração acelera.

Ele não está aqui.
Se voltou ao dia certo, Shuichi deveria estar ali, mas não está.

Gotaro relembra as diversas regras e dá-se conta de que nunca lhe disseram como deveria fazer para voltar *àquele* dia.

Pior, o pouco tempo de que dispõe para ficar no passado restringe-se até o café esfriar. Mesmo que Gotaro tenha retornado ao dia certo, não é possível saber se foi no horário em que Shuichi lá estava. Pode ter sido antes deles terem entrado no café ou depois de já terem ido embora.

– Shuichi! – ele chama, e instintivamente faz menção de se levantar, mas, antes que possa fazê-lo, é impedido pela mãozorra de Nagare.

– Está no toalete – sussurra Nagare.

Apesar de seus 51 anos, Gotaro continua sendo um homem forte, e ainda assim Nagare pousa a mão levemente sobre o ombro dele, como que afagando a cabeça de uma criança.

– O sujeito que você veio encontrar foi ao banheiro. Logo você o verá. É melhor aguardar por ele sem se levantar da cadeira.

Gotaro se acalma um pouco. Pelas regras, se ele se levantar será automaticamente reconduzido ao presente. Não fosse Nagare, talvez isso tivesse ocorrido.

– Ah, obrigado.

– Imagina – responde Nagare num tom contido, dirigindo-se para trás do balcão, de braços cruzados. O jeito dele, mais do que o de um garçom, se assemelha ao de uma sentinela de castelo.

Não há mais ninguém no salão.

Porém... Nesse mesmo dia, vinte e dois anos atrás, quando Gotaro e Shuichi entraram no café, havia um casal à mesa mais próxima da entrada e uma pessoa sentada ao balcão.

E na cadeira que permite viajar ao passado onde agora se encontra Gotaro, estava sentado um cavalheiro de meia-idade, trajando smoking e exibindo um elegante bigode.

A aparência antiquada desse senhor havia ficado fortemente marcada em sua memória: *Será que é um viajante no tempo vindo da década de 1920?*, supôs na época. Por isso, Gotaro até hoje ainda se recorda dele com clareza.

Contudo, os outros três clientes deixaram rapidamente o café, talvez não suportando a aparência suja de Gotaro e o fedor que exalava.

Então se lembra. Em meio à conversa, Shuichi com certeza foi ao banheiro. Logo depois de entrarem, o amigo comentou, entusiasmado, que se tratava de um misterioso café onde se podia voltar ao passado, e foi ao banheiro após ouvir Gotaro discorrer sobre o que havia sucedido na sua vida.

Gotaro enxuga o suor da testa e solta um longo e profundo suspiro. Nesse momento, do cômodo nos fundos do café, uma menina, provavelmente estudante do primário, aparece carregando uma mochila *randoseru* novinha em folha.

– Depressa, mamãe! – fala, saltitando sem parar.

– Pelo visto, você agora está feliz – diz o jovem Nagare, sempre de braços cruzados, para a menina, que, alegre, faz piruetas no meio do salão.

– Estou, sim – responde ela com um sorriso extremamente doce, disparando para fora.

DING–DONG

Gotaro tem uma vaga lembrança desse acontecimento. Na época, não prestou muita atenção, mas tem quase certeza de que uma mulher, parecendo ser a mãe da menina, surgiu logo depois e por isso ele olhou para o cômodo dos fundos.

– Espere por mim.

Uma mulher de pele alvíssima, quase transparente, e lindos cabelos negros aparece. Aparenta ter pouco menos de 30 anos. Traja uma túnica primaveril de cor pêssego e uma saia rodada bege.

– Ah, que canseira essa garota me dá! As aulas só começam amanhã… – resmunga.

Mas não se mostra irritada. Muito pelo contrário, suspira com uma expressão de felicidade.

Gotaro se espanta ao ver o rosto da mulher.
Como pode?
O rosto dela lhe é familiar. Ela se parece com a mulher de vestido branco, que lia um romance sentada durante longo tempo *naquela* cadeira, antes de ele viajar no tempo.
Talvez sejam apenas parecidas. A memória é vaga. Ele viu a mulher há pouco, mas a cabeça está meio atordoada.
– Vai ficar bem mesmo? – pergunta o jovem Nagare à mulher, descruzando os braços e semicerrando ainda mais seus olhos bem puxados.
É difícil dizer algo apenas observando o seu semblante, mas pode-se distinguir pelo tom de voz sua preocupação para com ela.
– Claro, eu vou ficar bem! Só vamos contemplar as cerejeiras em flor das redondezas – anuncia ela, inclinando a cabeça e sorrindo.
Pelo teor da conversa, pode-se deduzir que a mulher não está bem de saúde, mas, aos olhos de Gotaro, ela não aparenta nenhum problema. Tendo criado Haruka sozinho, ele sabe muito bem que os pais não se importam de fazer sacrifícios para alegrar os filhos.
– Você então cuida aí de tudo, ok? Obrigada, Nagare, vai me ajudar muito – diz a mulher, caminhando com calma até a entrada. Volta-se para Gotaro, saudando-o com um gesto de cabeça, e parte.

DING–DONG

Como se tivesse trocado de lugar com a mulher, Shuichi Kamiya volta do banheiro.
Ah...
Gotaro até então pensava na mulher, mas, no instante em que bate os olhos em Shuichi, apaga-a por completo da mente, lembrando-se, sem dúvida, do propósito inicial de estar ali.

A aparência de Shuichi é jovial, tal qual Gotaro a conserva na memória. Por outro lado, o aspecto de Gotaro, visto por Shuichi, não deixa dúvidas da passagem do tempo.

– O quê?

O Gotaro com quem Shuichi conversa envelheceu subitamente. Shuichi olha perplexo para ele.

– Shuichi...

Ao ouvir seu nome, o amigo ergue os braços.

– Espera, espera, espera! – exclama, interrompendo-o. Ao ser encarado por olhos penetrantes, Gotaro congela como uma figura em *stop motion*.

Opa, as coisas não estão indo bem...

Gotaro está convicto de que, mesmo surgindo com aparência envelhecida, Shuichi logo entenderá a situação, por ter sido ele quem lhe falou sobre o café.

Há um fundamento nisso.

Shuichi sempre foi um sujeito perspicaz. Era extraordinária a sua capacidade de observação, análise e discernimento. Gotaro sabe que, graças a ela, Shuichi tinha um talento acima da média. Pesquisava sobre a personalidade e os hábitos dos adversários antes das partidas de rúgbi e guardava tudo na memória. Sendo o craque do time, sua atuação conduzindo a *tries* era perfeita, pondo os adversários no chinelo. Mesmo sob as mais adversas circunstâncias, sua análise e julgamento eram certeiros.

Agora, o fenômeno parece tão estranho que, mesmo para o talentoso Shuichi, está sendo difícil acreditar naquela inusitada situação.

Gotaro confirma a temperatura da xícara, envolvendo-a com as mãos.

– Shuichi, na verdade...

Gotaro decide explicar o que está acontecendo, mas a xícara está ficando cada vez mais morna. Para concluir tudo

antes que o café esfrie, não há tempo suficiente para prolixidade. O suor volta a brotar na testa.
O que devo dizer a ele?
Gotaro enfrenta uma situação difícil. Se explicar tintim por tintim, com certeza o café acabará esfriando. Por outro lado, se não conseguir fazer Shuichi acreditar que ele veio do futuro, tudo terá sido em vão.
Será que conseguirei explicar direito? Não, provavelmente não.
Gotaro sabe o quão péssimo é quando se trata de elucidar algo. Talvez, se tivesse bastante tempo... No entanto, além de não saber quando o café esfriará por completo, Shuichi continua a observá-lo, desconfiado. Seu olhar deixa Gotaro ainda mais impaciente.

– Não espero que acredite em mim, por mais que eu tente explicar, mas... – Gotaro começa a falar, sabendo que precisa dizer alguma coisa.

– Você veio do futuro, né? – Shuichi fala com extrema cautela, como se o amigo desconhecesse sua língua.

– Sim! – exclama Gotaro, eufórico pela perspicácia de Shuichi.

Shuichi leva o punho fechado à testa, resmunga algo incoerente e continua a perguntar.

– De quantos anos atrás?
– Hein?
– Você voltou de quantos anos atrás no futuro?

Ainda meio desconfiado, Shuichi começa a reunir informações que lhe permitam aceitar a situação. Exatamente como fazia antes de uma partida de rúgbi. Ele ia coletando os dados necessários, um a um, para montar o quebra-cabeça.

Ele não mudou nada.

Gotaro decide responder a pergunta. Julga ser esse o caminho mais rápido para obter a compreensão do amigo.

– Vinte e dois anos.

— Vinte e dois anos?! — Shuichi arregala os olhos. Mesmo quando encontrara um Gotaro coberto de farrapos vivendo nas ruas, ele não demonstrara tanta surpresa.

Embora tivesse sido Shuichi quem contara a Gotaro sobre o que ocorria naquele café, na realidade ele nunca esperara ficar cara a cara com alguém vindo do futuro. Além disso, era natural ficar surpreso vendo um Gotaro, com quem estava pouco antes, envelhecido vinte e dois anos enquanto ele fora ao banheiro.

— Você realmente envelheceu... — murmura, a expressão um pouco mais descontraída. É sinal de que baixava a guarda.

— Parece que sim — replica Gotaro, meio encabulado.

Ali está um homem de 51 anos, acanhado como uma criança, diante de um jovem de 29. Para Gotaro é um reencontro, vinte e dois anos depois, com o anjo da guarda que praticamente lhe salvou a vida.

— Mas está ótimo e continua em forma — afirma Shuichi, os olhos bem avermelhados. — Ei... o que foi?

Gotaro quase fica de pé ao ver a expressão inesperada de Shuichi. Imaginava que o amigo se espantaria ao topar com sua aparência envelhecida. Não contava com uma reação daquelas.

Shuichi se aproxima e, sem despregar os olhos de Gotaro, senta-se à sua frente.

— Shuichi?

O *plic-plic* das lágrimas pingando pode ser ouvido.

Apreensivo, Gotaro começa a falar, mas Shuichi se adianta.

— Elegante esse terno... — elogia com voz trêmula.

De novo, o *plic-plic* das lágrimas ressoa.

— Caiu bem em você.

O Gotaro que apareceu diante de Shuichi é a figura futura do grande amigo que ele pretende ajudar a se reerguer. Não é o mesmo, de corpo e alma na sarjeta, com quem há pouco havia se deparado na rua. Justamente por isso, a visão daquela figura futura de Gotaro está sendo motivo de profunda alegria para Shuichi.

— Vinte e dois anos então... Aposto que viveu momentos difíceis.

— Nem tanto. O tempo passou tão rápido...

— É mesmo?

— Sim.

Ainda com os olhos vermelhos, Shuichi sorri.

— Tudo graças a você — diz Gotaro, baixinho.

— Opa, tô vendo. — Com um sorriso constrangido, Shuichi retira do bolso do casaco um pacotinho de lenços de papel e assoa o nariz. Porém, o *plic-plic* das lágrimas pingando na mesa não cessa.

— E então?

O que o trouxe aqui? é o que Shuichi quer saber.

Não é sua intenção que tudo pareça um interrogatório. No entanto, está ciente de que uma das regras do café é a restrição de tempo no reencontro de ambos. E, claro, também conclui que Gotaro não veio encontrá-lo sem um bom motivo. Portanto, já é de se esperar que Shuichi pergunte diretamente, não se deixando levar pelo sentimentalismo.

Gotaro, porém, não é capaz de responder de imediato a pergunta.

— Você está bem, amigo? — O tom de voz de Shuichi tem a gentileza de quem se dirige a uma criança choramingando.

— É que... na verdade...

Gotaro estende devagar a mão para a xícara e, enquanto checa a temperatura do café, tenta achar as palavras.

— Haruka decidiu... que vai se casar.

— Casar?

Shuichi se surpreende com a informação. Por um instante, seu sorriso desaparece. É perfeitamente compreensível. Para ele, no seu tempo, Haruka ainda é um bebê.

— Como assim? Que história é essa?

— Fique tranquilo, está tudo bem — afiança Gotaro, num tom sereno. A agitação de Shuichi era previsível.

Gotaro leva, então, o café aos lábios e bebe um gole. Embora ignore qual temperatura pode ser chamada de completamente fria, pelo menos ainda está bem mais quente do que a temperatura da pele.

Tenho tempo.

Gotaro devolve a xícara ao pires e, com delicadeza, começa a contar a história que preparou previamente. Procura, a todo custo, não afligir Shuichi. Isso para evitar que ele, com sua perspicácia apurada, deduza que morreu.

— Para ser sincero, o *você* no futuro me pediu para voltar ao passado a fim de pedir ao *você* de vinte e dois anos atrás para fazer um discurso na cerimônia de casamento de Haruka.

— Eu pedi?

— Sim, como uma surpresa.

— Uma surpresa?

— O Shuichi do futuro não pode se encontrar com o Shuichi do passado, por isso…

— Por isso você veio?

— Exatamente — prossegue Gotaro, impressionado com a sagacidade de Shuichi.

— Entendo…

— Então… O que me diz? Não acha interessante?

— Realmente, é muito interessante.

— Não é mesmo?

Gotaro tira do bolso uma minicâmera que acabou de comprar, nada parecida com algo que existisse vinte e dois anos atrás.

— O que é isso aí?

— Uma câmera.

— Essa coisa minúscula?

— Sim, e também é possível gravar vídeos com ela.

— Vídeos?

– Isso.
– Incrível!
Shuichi encara Gotaro enquanto ele procura o botão para ligar a câmera.
– Pelo visto, você acabou de comprar.
– Hã? Ah, é... – Gotaro instintivamente responde a pergunta de Shuichi.
– Como sempre, você precisa trabalhar melhor as suas jogadas finais – murmura Shuichi, com expressão séria.
– Tem razão, desculpe. Eu deveria ter estudado melhor como usar essa coisa... – envergonha-se Gotaro, com as orelhas vermelhas.
– Não estou me referindo à câmera... – murmura vagamente Shuichi.
– Hã?
– Deixa pra lá – dizendo isso, Shuichi estende o braço e põe a mão na xícara de Gotaro. Ciente das regras do café, ele parece preocupado com o tempo que lhes resta.
– Mãos à obra, então! – exclama com entusiasmo. Levantando-se num rodopio, fica de costas para Gotaro.
– Só vamos ter tempo para uma única gravação, correto? – busca se assegurar Shuichi. Gotaro também sabe que, pela temperatura do café, não haverá tempo suficiente para regravações.
– Sim, isso mesmo, por favor – responde. – Vamos lá? Gravando... – Gotaro aperta o *rec*.
– Você nunca soube mentir – murmura Shuichi.
Gotaro provavelmente não ouviu, pois não esboça reação alguma, e continua com a câmera apontada para Shuichi.
– Para Haruka, daqui a vinte e dois anos. Parabéns pelo casamento! – exclama. Em seguida, tira a câmera das mãos de Gotaro e, mais que depressa, recua até uma distância onde ele não poderá alcançá-lo.

47

– Ei! – grita Gotaro, estendendo a mão para reaver a câmera.

– Não se mexa! – ordena Shuichi, com um tom de voz assertivo.

Gotaro sente no ato um calafrio e, por instinto, quase fica de pé novamente, mas lembra que, durante o tempo em que estiver no passado, não poderá de forma alguma se levantar da cadeira. A regra é que, se o fizer, será puxado forçosamente de volta ao presente.

– Por que você fez isso?! – indaga Gotaro.

Sua voz retumba pelo salão do café, mas felizmente, além de Nagare, que está atrás do balcão, eles são os únicos clientes. Parecendo não ter interesse na conversa dos dois, Nagare se mantém imóvel, de braços cruzados.

Shuichi solta um suspiro, direciona a câmera para si e começa a falar.

– Haruka. Parabéns pelo casamento!

Gotaro não entende o objetivo de Shuichi ter-lhe tomado a câmera, mas sente-se aliviado ao ver que ele grava uma mensagem para a filha.

– Você nasceu num dia em que as cerejeiras estavam carregadas de flores... Ainda me lembro da emoção que senti quando aconcheguei você pela primeira vez nos braços, seu corpinho todo avermelhado, uma coisinha tão fofa...

Felizmente, Shuichi está sendo colaborativo na gravação do vídeo. Gotaro toca na xícara de café, pretendendo voltar ao presente tão logo ele termine a mensagem.

– Meu coração se enchia de felicidade só de admirar seu rostinho risonho. Ficar te observando enquanto você dormia me dava toda a força que eu precisava para seguir em frente. Eu me sinto abençoado pela sua existência. Para mim, você é o ser mais precioso deste mundo. Por você, eu sou capaz de fazer qualquer coisa...

O plano corre às mil maravilhas. Depois bastará recolher a câmera e retornar ao presente.

— Eu te desejo toda a felicidade do mundo e que sua vida...
— Nesse ponto, a voz de Shuichi fica subitamente embargada.
— E que sua vida seja longa e que nós...

Plic, plic, plic.

— Shuichi?
— Já chega. Podemos parar com a farsa?
— O quê?
— Pare de mentir pra mim, Gotaro!
— Mentir? Do que você está falando?

Shuichi ergue o rosto para o teto e solta um profundo suspiro. Seus olhos estão bem congestionados.

— Shuichi?

Ele morde as costas da mão. Tenta com isso reprimir suas emoções por meio da dor.

— Shuichi!
— Eu...

Plic, plic, plic.

— ... não estarei presente...

Plic, plic, plic.

Rangendo os dentes, Shuichi pronuncia palavra por palavra, conectando-as como se as escolhesse a dedo.

— ... no casamento de Haruka, certo? — pergunta, enfim.
— O que você quer dizer com isso? Eu disse que foi ideia sua, não disse?
— Você acha realmente que eu vou acreditar nessa mentira deslavada? — reage Shuichi.
— Não é mentira!

Ao ouvir isso, Shuichi encara Gotaro com olhos muito vermelhos.

— Se você está dizendo a verdade... então por que não consegue parar de chorar?

— Hã?
Plic, plic, plic.
Não pode ser, pensa Gotaro, mas lágrimas densas não param de brotar, como disse Shuichi. Ele as enxuga às pressas, mas elas continuam a pingar na mesa, uma após a outra.
— Ué, que estranho! Quando eu comecei a chorar?
— Não percebeu? Desde o início...
— Início?
— Isso. Desde que voltei do banheiro.
Gotaro nota, afinal, a poça com suas lágrimas formada na mesa diante dele.
— É que... isso...
— E tem mais...
— Hã?
— Quando você disse que Haruka iria se casar, sua maneira de falar soou como a de um pai orgulhoso da própria filha. Pressuponho que você tem criado Haruka como filha no meu lugar.
— Shuichi...
— Isso significa que...
— Não, não é nada disso.
— Me conta tudo, seja sincero.
— ...
— Portanto, eu...
— Não... Shuichi, espera...
— ... morri, é isso?
— ...
Plic, plic, plic.
Em vez de responder, só observa as lágrimas pingando em profusão.
— Nossa, que tenso... — murmura Shuichi.

50

Num gesto infantil, Gotaro balança exageradamente a cabeça negando, mas não há mais como continuar enganando o amigo. As lágrimas escorrem contra a sua vontade.

Os ombros de Gotaro tremem enquanto luta para conter os soluços. É inútil, mas, tentando não deixar suas lágrimas serem vistas por Shuichi, morde forte os lábios e abaixa a cabeça.

Vacilante, Shuichi se senta no assento mais próximo à entrada do café, como se estivesse exausto.

– Quando?

Ele quer saber.

Gotaro só deseja tomar todo o café e voltar ao presente, mas, com os punhos cerrados sobre os joelhos, está paralisado, incapaz de se mover um centímetro sequer.

– Não minta... por favor. Eu lhe peço... Me conte tudo.
– Shuichi olha para Gotaro com olhos suplicantes.

Gotaro desvia o olhar, junta as mãos como em oração e deixa escapar um pesado suspiro.

– Daqui a um ano...
– Um ano a partir de agora?
– Foi um acidente de carro...
– Ah, sério?
– E você estava com a Yoko...
– Ah, não... a Yoko também?
– Por isso eu criei... a pequena Haruka...
– Ah... agora eu estou entendendo – sussurra Shuichi, enquanto abre um tênue sorriso, provavelmente porque a essa altura é estranho e nem um pouco natural ouvir Gotaro chamar Haruka de "pequena".

– Mas pretendo dar um ponto-final nessa situação... hoje mesmo. – A voz de Gotaro vai definhando aos poucos; parece que vai desaparecer.

51

Durante os últimos vinte e dois anos, Gotaro não conseguiu se desvencilhar da ideia de que a relação pai e filha que construiu com Haruka só foi possível em virtude da morte de Shuichi. Não havia dúvidas da imensa felicidade que vivenciara no convívio com Haruka.

Todavia, quanto mais ele se sentia feliz, mais forte era a sensação de que não poderia simplesmente ignorar a existência de Shuichi e tomar para si toda essa felicidade.

Se tivesse contado mais cedo a Haruka que não era seu pai, talvez tivesse construído uma relação diferente, mas agora já era tarde demais para ficar se torturando com e se...?

Faltando pouco tempo para o casamento, o sentimento de culpa de Gotaro foi intensificado por ter adiado até o momento em que tudo se revelaria pela certidão de nascimento.

Passei a vida escondendo a verdade por medo de perder a minha própria felicidade.

Isso era uma traição a Shuichi, seu anjo da guarda, e a Haruka.

Alguém como eu é indigno de comparecer a uma cerimônia tão especial como o casamento de Haruka.

Por isso, depois de revelar a verdade, Gotaro pensava em desaparecer da vida da jovem.

Ainda com a câmera na mão, Shuichi se levanta devagar, aproxima-se do cabisbaixo Gotaro, enlaça-o pelos ombros e posiciona-se de forma que a câmera enquadre ambos.

— Você não pretende ir à cerimônia de casamento, certo? — pergunta Shuichi, sacudindo o ombro de Gotaro.

Shuichi entendeu tudo.

— Isso mesmo — responde o amigo, ainda debruçado sobre a mesa. — O pai de Haruka é você, Shuichi... Apesar disso, eu jamais falei a ela sobre você, o verdadeiro pai. Você foi o meu anjo da guarda... Eu não poderia ter agido dessa forma, mas... se Haruka fosse de verdade... minha filha... — Gotaro gagueja.

— Acabei pensando...

Encobrindo o rosto com as mãos, Gotaro chora copiosamente.

Seu sofrimento foi constante. O fato de pensar *E se Haruka fosse de fato minha filha?* implicava negar a existência de Shuichi. Quanto maior era seu sentimento de gratidão por Shuichi, maior era o desprezo que sentia por si mesmo por acolher tal pensamento.

— Ah, então é isso... Você, do seu jeito, sofreu todo esse tempo...

Shuichi funga pelo nariz que escorre.

— Entendi... Você tem razão, vamos terminar com isso hoje — sussurra ao pé do ouvido de Gotaro.

— Perdão, perdão... — repete Gotaro, enquanto as lágrimas pingam, fazendo *plic-plic* ao cair na mesa.

— Está decidido! — exclama Shuichi, enquanto aponta a câmera para si.

Então, ele aperta o *play*.

— Haruka, ouça bem. Tenho uma proposta para lhe fazer — anuncia. Sua voz imponente e determinada reverbera por todo o salão. — A partir de hoje... — começa, puxando para perto e com força Gotaro pelo ombro — você terá dois pais: eu e Gotaro. Não se importa, né? — pergunta, dirigindo-se à câmera.

O movimento dos ombros de Gotaro, causado pelos soluços, cessa.

– A partir de hoje, você terá a vantagem de ter um pai extra. O que acha? – propõe.
Gotaro ergue por fim o rosto banhado de lágrimas.
– Q-que diabos você está dizendo? – gagueja, confuso.
– Eu estou dizendo que você merece ser feliz! – afirma Shuichi com toda convicção. – Pare de se atormentar preocupado comigo... – acrescenta.
Gotaro se lembra.
Shuichi sempre foi assim. Não importava quão difícil fosse a situação, ele era um eterno otimista e seguia em frente, de cabeça erguida. Jamais, sob qualquer circunstância, olhava para trás. Era o tipo de homem que pensava na felicidade do próximo, mesmo ao tomar conhecimento da própria morte...
– Gotaro, vá ser feliz!
Num canto do pequeno café, dois homens enormes se abraçam chorando.
O ventilador de teto continua a girar lentamente.
Shuichi é o primeiro a parar de chorar. Enlaça os ombros de Gotaro.
– Ei, levanta esse rosto, olha para a câmera. Afinal, estamos gravando uma mensagem de felicitações a Haruka pelo casamento, não estamos?
Apoiado no braço de Shuichi, Gotaro finalmente olha para a câmera com o rosto inchado e encharcado.
– Sorria, vamos, sorria! – insiste Shuichi. – Estamos felicitando Haruka pelo casamento, os dois sorrindo, ok?
Gotaro tenta a todo custo sorrir, mas o sorriso sai amarelo. Vendo o rosto de Gotaro, Shuichi cai na gargalhada.
– Ha, ha, ha, que cara mais linda – comenta com ironia e devolve a câmera a Gotaro. – Você vai me prometer que vai entregar esse vídeo a ela.
Dizendo isso, Shuichi se levanta às pressas.
– Desculpa, Shuichi.

Gotaro ainda chora.
— O café não estava bom? — pergunta baixinho Nagare, de trás do balcão. Esse é o jeito dele de expressar preocupação. O café está esfriando.
Esqueceu do tempo? era o que queria dizer.
— Ah, você tem que partir! — exclama Shuichi.
Gotaro o encara.
— Shuichi! — grita.
— Não se preocupe. Eu estou bem.
Mesmo ouvindo isso, o semblante de Gotaro continua sombrio. Shuichi força um sorriso.
— Olha só isso. Não vai me dizer que está pretendendo ir à cerimônia de casamento de Haruka como um fantasma, vai? — alfineta, dando um tapinha no ombro de Gotaro.
Gotaro vira o rosto banhado de lágrimas na direção de Shuichi.
— Perdão — sussurra.
— Está tudo bem. Beba! — insiste Shuichi, acenando com a mão.
Gotaro pega a xícara e, como estava bem fria, mais do que depressa toma todo o café até a última gota.
— Aaah...
Uma vez mais é dominado por aquela sensação de vertigem.
— Shuichi... — Gotaro tenta gritar, mas já começou a se transformar em vapor. Sua voz parece não alcançar mais o velho amigo. Ainda assim, em meio à sensação de estar esvanecendo, quando a paisagem ao redor começa a tremer e se deformar, ele ouve com clareza Shuichi dizer:
— Cuide, por favor, da nossa menina.
Essas foram as mesmas palavras que um Gotaro, vinte e dois anos mais novo, ouvira, num dia de céu límpido em que pétalas de cerejeira flutuavam como flocos de neve.
Num determinado momento, Gotaro perdeu de vez a consciência em meio ao fluxo veloz — que nem uma

montanha-russa — no seu retorno ao presente, assim como ocorreu quando voltou ao passado.

— *Monsieur?*

Gotaro desperta com a voz de Miki. A paisagem do interior do café não mudou em nada, mas diante dele estão Miki, Nagare e Kazu.

Terá sido tudo um sonho?

De súbito, percebe que está segurando a câmera. Às pressas, aperta o *play*.

Enquanto observa a tela, a mulher de vestido volta do banheiro e para em frente à mesa.

— Sai daí! — ordena num tom gutural e assustador.

— Desculpe — pede, apressando-se para ceder o lugar a ela.

A mulher de vestido se senta com o semblante indiferente e empurra para o lado a xícara deixada em cima da mesa.

Arrumem isso, ela pretende dizer com o gesto.

A xícara empurrada é retirada por Miki. Sem usar a bandeja, ela a toma entre as mãos, passa ao lado de Gotaro a passos curtos e volta para trás do balcão, junto a Nagare.

Então, deposita a xícara na pia.

— O *monsieur* tá chorando, meus queridos. *Moi* quer saber se ele tá bem — diz no seu costumeiro jeito esquisito de falar.

O próprio Nagare fica um pouco preocupado, vendo os ombros de Gotaro tremerem. Ele está aos prantos, assistindo ao vídeo na câmera.

— Está tudo bem? — pergunta.

— Sim, tudo certo — responde Gotaro, sem tirar os olhos do vídeo.

– Ok, então – assente Nagare. – Ele disse que tudo está bem – confirma, olhando para Miki.

Kazu sai da cozinha, trazendo um novo café para a mulher de vestido.

– Como foi? – pergunta a Gotaro, enquanto, de pé ao lado *daquela* cadeira, limpa a mesa e serve o café.

– Vá ser feliz – sussurra Gotaro, olhando na direção da cadeira. – Foi o que ele disse para mim. – E sorri, meio ressabiado.

– É mesmo? – replica Kazu com serenidade.

Na tela, Shuichi enlaça Gotaro pelos ombros e insiste com ele: "Sorria, vamos, sorria!"

– Então, meus queridos... quando *moi* vou poder fazer isso?

Gotaro se dirige ao caixa para pagar a conta. Miki puxa a manga da camisa de Nagare.

– Quantas vezes vou precisar pedir para você parar com esse *moi*?

– Mas *moi* também quer fazer *is-so*.

– Não vou deixar ninguém que fala *moi* fazer.

– Nossa, que vacilão.

– Como é que é?

Enquanto Nagare e Miki continuam a discussão, Gotaro pensa em sair, mas muda de ideia.

– Desculpe, posso fazer uma pergunta? – dirige-se a Kazu, que observa os dois.

– Sim – responde ela.

– Ela é sua mãe, não é? – pergunta, olhando para a mulher de vestido.

– É, sim.

Por qual motivo sua mãe não retornou do passado? é o que Gotaro deseja perguntar, mas Kazu, que inexpressiva observa a mulher de vestido, não tem o ar de quem deseja revelar.

Quando lhe fez a mesma pergunta antes de voltar ao passado, ela só contou que a mulher tinha ido encontrar o finado marido.

O sofrimento dela deve ter sido muito maior do que o meu, pensa Gotaro.

Sem encontrar as palavras adequadas, ele apenas agradece e deixa para trás o café.

DING-DONG

– Vinte e dois anos atrás... – suspira Nagare, quase num murmúrio. – Você tinha uns sete anos na época, não é? – Detrás do balcão, Nagare fala para Kazu, que olha para Kaname.
– Sim...
– Eu também desejo que você seja feliz... – sussurra Nagare como para si mesmo.
– Bem, eu...
Kazu é interrompida por Miki.
– Afinal, meus queridos... quando *moi* vou poder fazer isso? – pergunta novamente, enlaçando a perna de Nagare.
Olhando para Miki, Kazu sorri afetuosamente.
– Você não desiste, né? – diz Nagare, suspirando fundo.
– Algum dia! – responde, tentando se desvencilhar da menina grudada na sua perna.
– Algum dia? Quando é isso? Que dia, que hora?
– Algum dia é algum dia, ora bolas!
– Não entendi, não.
Miki continua agarrada à perna de Nagare e não parece disposta a soltá-la.
– Vai, fala... Quando, quando, *quan-do*?

Cansado da insistência, Nagare já pensa em elevar o tom de voz com a filha, mas Kazu intervém na conversa.

– Miki, a sua vez vai chegar também... – começa Kazu, juntando-se à conversa.

Aproximando-se de Miki, agacha-se para ficar na mesma altura dos olhos da menina.

– Quando você fizer sete anos – completa, sussurrando com voz doce.

– Tá falando sério?! – Arregala os olhos, espantada.

– Claro! – confirma Kazu.

Miki olha para Nagare, esperando uma reação.

Nagare está de cara feia, mas acaba soltando um sorriso resignado.

– Verdade... – confirma baixinho e algumas vezes com a cabeça.

– Ebaaaaa!

Miki está radiante de felicidade com o que ouve, pois começa a saltitar e pular com toda energia, desaparecendo no cômodo dos fundos.

– Estamos perdidos – resmunga Nagare, indo apressado atrás dela.

Sozinha, Kazu observa a mulher de vestido lendo na maior calma o romance.

– Desculpe, mamãe, eu ainda... – sussurra de súbito.

O tique-taque dos três relógios de parede ressoando barulhento parece estar em harmonia com Kazu.

Sempre...

Sempre...

MÃE E FILHO

Quando se ouve o *crin-crin-crin* do estridular dos *suzumushi*, grilos de sino, sabe-se que o outono chegou.

Todavia, essa percepção é peculiar aos japoneses e polinésios. Para outros, o som emitido pelos insetos não passa de ruído.

Segundo uma teoria, tanto os japoneses como os polinésios são povos que originalmente migraram da Mongólia em direção ao Sul. A fonética do samoano, um dos idiomas polinésios, tem similitudes com a língua japonesa. Ambas possuem vogais que englobam as cinco entonações do "a", "i", "u", "e" e "o", e as palavras são expressas por uma combinação de vogais e consoantes, ou somente vogais.

Além disso, há, na língua japonesa, expressões onomatopaicas, tanto para imitar sons diversos ("*giongo*") como para transmitir um sentimento ou situação ("*gitaigo*").

"O rio flui *sala-sala* [sussurrante]", "o vento sopra *byuu-byuu* [sibilante]", "a neve cai *shin-shin* [forte mas silenciosa]", "o sol brilha *kan-kan* [abrasador]", e outras palavras que evocam características da natureza.

Essas onomatopeias são usadas também nos mangás, onde aparecem fora do texto inserido nos balões. Por exemplo, *ZUBAAN!*, para dar ênfase, ou *DOHN!*, para intensificar o estrépito de um objeto pesado. *Sulu-sulu* adiciona textura a uma superfície escorregadia, e a qualidade do silêncio é encapsulada por *shi-n*.

Quando os mangás usam glifos dessa forma, eles incrementam o realismo das cenas.

Há uma famosa canção que utiliza essas expressões onomatopaicas.

Já posso ouvir o estrídulo do grilo de pinheiro!
Chin-chiro chin-chiro chin-chiro-rin
Já posso ouvir o estrídulo do grilo de sino!
Crin-crin-crin crin-crin-crin...

Certa noite de outono...

Miki Tokita está cantando "A harmonia dos insetos". Ela entoa a cantoria a plenos pulmões, com o rosto vermelho de entusiasmo, certamente para o pai, Nagare Tokita, ouvir a música que ela acabou de aprender na escola. Entretanto, forçado a escutar uma escala musical desafinada aqui e ali, uma ruga profunda se forma entre as sobrancelhas e, na boca, um prenúncio de muxoxo.

Ah, que alegria, como é bom ouvir a sinfonia dos insetos
Varando as longas noites outonais!

Ao terminar a canção, além dos aplausos, Kyoko Kijima a encoraja, repetindo "Maravilhoso, maravilhoso". Kyoko está sentada em um dos três bancos altos do balcão, escutando Miki cantar. Seu elogio faz a menina abrir um sorriso satisfeito de orgulho.

Já posso ouvir o estrídulo..., Miki retoma a cantoria.

– Ok, ok, agora chega! – pede Nagare, tentando a todo custo fazê-la parar. Na realidade, ela já cantou três vezes, e ele não aguenta mais. – Obrigado por compartilhar conosco a sua canção, mas por ora basta. Vá guardar sua *randoseru* – ordena, pegando a mochila que está sobre o balcão e entregando-a à filha.

Miki deve estar toda prosa com o elogio de Kyoko, pois concorda sem discutir e desaparece no cômodo dos fundos.

Chin-chiro chin-chiro chin-chiro-rin.

No mesmo instante, surge Kazu Tokita, a garçonete do café.

– Ah, o outono chegou, né? – diz para Kyoko.

A cantoria de Miki parece ter anunciado a chegada do outono àquele café indiferente à alternância das estações.

DING-DONG

Quem entra, junto com o tilintar da campainha, é Kiyoshi Manda, que tem por volta de seus 60 anos e é detetive da Delegacia de Homicídios de Kanda.

As manhãs no início de outubro costumam ficar um pouco frias. Kiyoshi tira o casaco leve e se senta, como de costume, à mesa mais próxima da entrada.

– Seja bem-vindo! – saúda Kazu, servindo-lhe um copo d'água.

– Um café, por favor – pede ele.

– É pra já – replica Nagare, detrás do balcão, e segue para a cozinha.

Assim que ele sai, Kyoko fala em voz baixa, de forma que apenas Kazu possa ouvi-la:

– Sabe, dia desses eu vi você caminhando na companhia de um homem, em frente à estação. Quem era? Seu namorado?

Os olhos de Kyoko brilham vivamente, e vê-se no semblante da fofoqueira um sorriso dissimulado. Ela espera vislumbrar uma rara expressão de acanhamento no rosto de Kazu.

Esta, porém, com as feições tranquilas, responde apenas "Sim, é isso mesmo".

Atônita, Kyoko parece verdadeiramente surpresa.
– Sério? Eu não sabia que você está namorando.
– Estou, sim.
– Desde quando?
– Ele é um colega, um veterano dos tempos de Belas-Artes.
– Isso quer dizer que você já o namora há dez anos?
– Ah, não, começamos a namorar na primavera.
– Deste ano?
– Sim.
– É mesmo? – Kyoko solta um profundo suspiro e inclina-se tanto para trás, que quase perde o equilíbrio.
Entre todos no café, Kyoko foi a única a se espantar. Sentado à mesa próxima da entrada, Kiyoshi não demonstra o menor interesse na conversa e observa, pensativo, a caderneta preta em suas mãos.
– Ei, Nagare! Sabia que Kazu está namorando? – grita Kyoko para a cozinha.
O salão é pequeno. Logo depois de gritar, Kyoko encolhe os ombros e analisa as feições de Kazu, perguntando-se: *Será que falei alto demais?*
Kazu, porém, com o rosto tranquilo, impassível como sempre, continua a secar um copo. Não tem nada a esconder. Limitou-se a responder por ter sido perguntada.
Como Nagare continua calado, Kyoko insiste:
– Você sabia, Nagare?
– Sim, acho que sabia – responde ele, pouco depois.
Por algum estranho motivo, Nagare parece mais evasivo e acanhado do que Kazu.
– É verdade, então... – completa Kyoko.
Enquanto ela volta a olhar fixamente para Kazu, Nagare sai da cozinha.
– Isso é algo tão espantoso assim por quê? – pergunta a Kyoko e serve o café recém-coado a Kiyoshi.

Com um sorriso largo, Kiyoshi aspira lenta e profundamente o vapor do café. Ao ver isso, os olhos de Nagare formam um arco de alegria. Ele sente muito orgulho em servir um café tão especial. E o rosto sorridente de Kiyoshi é a sua recompensa. Satisfeito, estufa o peito e volta para trás do balcão.

Kyoko continua a falar, sem perceber esse sentimento de satisfação de Nagare.

– Não acha espantoso? É que Kazu não dá o menor sinal de estar vivendo uma aventura romântica secreta, concorda?

– Hã-hã – responde Nagare com indiferença, semicerrando ainda mais os olhos enquanto dá um polimento numa bandeja prateada e cantarola baixinho uma canção. Para ele, o rosto sorridente de Kiyoshi é mais importante do que a conversa sobre o namorado da prima.

– O que vocês estavam fazendo lá naquele dia? – Kyoko pergunta a Kazu, enquanto olha de lado para Nagare.

– Estávamos procurando um presente.

– Presente?

– Ele comentou que era aniversário da mãe…

– Entendi, entendi.

Por um tempo, Kyoko procura obter detalhes sobre o namorado de Kazu, quais foram as primeiras impressões que teve dele ao se conhecerem, de que forma ele a convidou para um encontro, coisas desse tipo. Como Kazu não se importa em responder, as perguntas de Kyoko se tornam infindáveis.

Dentre elas, o maior interesse demonstrado por Kyoko foi o número de vezes que o rapaz a pediu em namoro – não havia sido só uma, mas três. A primeira ocorreu pouco depois de se conhecerem; a segunda, três anos mais tarde; e a última, na primavera deste ano.

Kazu responde sem hesitação as perguntas de Kyoko, mas, quando questionada sobre o motivo de ter recusado o namoro duas vezes e somente na terceira ter engatado um relacionamento, ela opta por um vago "Sei lá".

Quando termina tudo o que desejava perguntar, Kyoko apoia o rosto numa das mãos e pede mais um café a Nagare.

– Por que saber que ela está namorando deixa você tão alegre? – pergunta Nagare ao lhe servir o café.

– Minha mãe sempre dizia que desejava ver Kazu casada e feliz – responde, sorridente.

A mãe dela, Kinuyo, faleceu um mês atrás, após travar uma longa batalha contra a doença.

Kinuyo era professora numa escola de pintura que Kazu frequentava desde criança. Ela adorava o café preparado por Nagare e, até ser internada, era também uma assídua frequentadora do estabelecimento. Por isso, tanto Kazu quanto Nagare sentiam um enorme carinho por ela.

– Ah, é? – sussurra Nagare, pensativo, semicerrando os olhos.

Kazu continua calada, mas interrompe a tarefa com os copos.

Kyoko deve ter sentido que o ar ficou pesado, pois apressa-se em dizer:

– Ah, que tola eu sou, desculpe. Eu não quis insinuar com isso que a minha mãe morreu frustrada, sem ter realizado o desejo dela. Por favor, não me entendam mal.

Kazu sabe que Kyoko está sendo sincera.

– Muito pelo contrário, eu é que devo agradecer – replica com um semblante doce, não muito comum.

Apesar do embaraço causado, Kyoko está satisfeita por ter transmitido a Kazu o sentimento da mãe.

– De nada – responde com voz alegre.

– Desculpe, mas... – interrompe Kiyoshi.

Até então, ele bebia calmamente o seu café, sem dúvida aguardando alguma pausa na conversa. A prova disso era seu semblante constrangido.

– Eu gostaria de perguntar uma coisa...

Impossível saber a quem ele se dirige, mas Kyoko de imediato responde "Diga".

Kiyoshi tira o surrado boné de caça e coça a cabeça quase grisalha.

– Na realidade, estou em dúvida sobre que presente eu poderia dar à minha esposa – sussurra timidamente.

– À sua esposa? – replica Nagare.

– Sim – responde Kiyoshi, cabisbaixo.

Tendo ouvido Kazu comentar sobre escolher um presente para a mãe do namorado, ele deve ter imaginado que poderia tê-lo como referência.

– Que romântico! – exclama Kyoko, em tom de gracejo.

– O que deu a ela no ano passado? – pergunta Kazu, muito séria.

Kiyoshi torna a coçar a cabeça.

– Tenho vergonha de dizer, mas nunca dei a ela um presente de aniversário. Justamente por isso não sei o que oferecer...

– Como é que é? Até hoje você nunca deu um presente pra ela? E por que então quer dar agora, de repente? – indaga Kyoko, de olhos arregalados.

– Ah, bem, não tem um motivo especial... – responde Kiyoshi, pegando a xícara e fingindo dar um gole no café que obviamente já havia acabado. O gesto evidencia o quanto está sem graça, e Kyoko instintivamente sente vontade de sussurrar "Que amor", num esforço hercúleo para não soltar uma gargalhada.

Nagare, de braços cruzados, escuta a conversa. Depois de sussurrar "Na verdade...", ele prossegue, entusiasmado, o rosto vermelho: – Eu acho que ela vai se alegrar, qualquer que seja o presente.

– Esse tipo de conselho não ajuda em nada! – Kyoko o rejeita de imediato.

– Desculpe – admite Nagare, dando de ombros.

Kazu verte o café na xícara de Kiyoshi.

— Que acha de um colar? — pergunta.
— Um colar?
— Nada muito chamativo... — dizendo isso, ela exibe seu colar a Kiyoshi. A corrente é tão fina que, com certeza, passaria despercebida se ela não a pegasse para mostrar.
— Cadê? Deixa eu ver. Nossa, que lindo! Joia agrada a mulheres de todas as idades. — Kyoko balança a cabeça com determinação, observando o colar no pescoço de Kazu.
— A propósito, você está com quantos anos, Kazu?
— Vinte e nove.
— ... Vinte e nove. — Kiyoshi abaixa a cabeça, como se ponderasse algo.
— O que foi? Não sabe se é adequado à idade da sua esposa? O importante é o gesto. Sem dúvida, ela vai ficar feliz — incentiva Kyoko.

O rosto de Kiyoshi se ilumina instantaneamente.
— Entendi. Obrigado.

Kyoko jamais poderia imaginar que um velho detetive meio desajeitado estivesse pensando em comprar um presente de aniversário para a esposa. Ela estava surpresa, admirada, e lhe desejou sucesso.
— Torço para que dê certo.
— Muito obrigado — responde ele, voltando a vestir o boné e estendendo a mão para a xícara de café.

Kazu também sorri, contente.
Já posso ouvir o rugido do leão!
Grrr, Grrr, GRRRAURRR! Grrrrr!
Do cômodo dos fundos, chega o som da cantoria de Miki.
— A letra é essa mesmo? — pergunta Kyoko, de braços cruzados e o olhar longe.
— Parece estar na moda — responde Nagare.
— Parodiar a letra das canções?
— Exato.

— As crianças adoram fazer isso, né? Com a idade da Miki, onde quer que a gente estivesse, o Yosuke cantava as canções com as letras alteradas. Me deixou envergonhada inúmeras vezes!

Kyoko sorri, com o olhar voltado para o cômodo dos fundos onde Miki se encontra.

— Por falar em Yosuke, ele não tem vindo com você ultimamente, né? — pergunta Nagare, mudando de assunto.

Yosuke é filho de Kyoko, aluno da quarta série do ensino fundamental e apaixonado por futebol. Enquanto Kinuyo estava internada, ele quase sempre acompanhava Kyoko quando ela vinha buscar o café preparado por Nagare para a mãe.

— Hã?

— Yosuke.

— Ah, sim — murmura Kyoko, pegando seu copo. — Ele só vinha porque a mamãe pedia café... — responde e bebe o resto da água.

Yosuke parou de visitar o café logo depois da morte da avó. Após uma luta de seis meses contra a doença, Kinuyo umedeceu a boca com um pouco do café preparado por Nagare e logo depois faleceu, como se tivesse caído no sono.

Yosuke não viu mais motivo para ir até lá.

No final do verão, seis meses após Kinuyo ser internada, Kyoko declarou "estar com o coração preparado", mas, na realidade, transcorrido um mês desde a morte da mãe, ela ainda não conseguia disfarçar a tristeza.

Nagare parecia arrependido de ter trazido aquele assunto à baila.

— Desculpe... — baixa de leve a cabeça.

Nesse instante, ouve-se a voz enérgica de Miki vindo do cômodo dos fundos.

Já posso ouvir o cacarejo da galinha!

Có-có, có-có, CÓ-CÓ-RICÓ!

– Eita! – Kyoko deixa escapar involuntariamente ao ouvir a letra modificada.

A atmosfera carregada num instante se transforma. *Miki salvou*, Kyoko deve ter pensado. E solta uma gargalhada.

– Essa voz mais parece um cruzamento de galinha com rouxinol – declara, olhando para Nagare, que aparentemente pensa o mesmo.

– Que canção mais esquisita você está cantando, Miki – reclama ele e, depois de suspirar, entra no cômodo dos fundos.

– A Miki é uma gracinha – murmura Kyoko, como que para si mesma.

– O café estava ótimo – agradece Kiyoshi, aproveitando a mudança de atmosfera, e, levantando-se com a conta na mão, dirige-se ao caixa. Tira do porta-moedas o dinheiro do café e coloca-o na bandeja, fazendo um aceno de cabeça.

– Obrigado pela valiosa recomendação de hoje. Foi de grande ajuda – agradece e sai.

DING–DONG

No salão ficam apenas Kyoko e Kazu.

– E como está Yukio? – pergunta Kazu, pegando o dinheiro do café e apertando ruidosamente as teclas da registradora.

Yukio é o irmão mais novo de Kyoko. Ele mora atualmente em Kyoto, onde estuda para se tornar ceramista. Não prevendo que Kazu perguntasse pelo irmão, por um instante Kyoko olha para ela atônita. Kazu, por sua vez, preenche com água o copo vazio de Kyoko, com sua habitual expressão indiferente.

Kazu percebe tudo.

Kyoko suspira baixinho, resignada por ter de explicar.

– Eu não informei a Yukio sobre a hospitalização! Mamãe me proibiu...

Dizendo isso, Kyoko pega o copo, suspende-o alguns centímetros, mas, sem levá-lo à boca, começa a girá-lo lentamente.

– Imagino que esteja furioso. Nem veio para o funeral.

O olhar de Kyoko está concentrado na superfície da água mantida na horizontal, mesmo com o copo sendo inclinado em vários ângulos.

– E o celular dele está desligado.

A verdade é que ela não conseguiu contatar Yukio. Por mais que ligasse para ele, só ouvia a mensagem "O número chamado encontra-se desligado...". Ela ligou também para a olaria onde ele trabalhava, mas Yukio havia pedido demissão alguns dias antes e ninguém sabia do paradeiro dele.

– Não faço ideia de onde ele possa estar e fazendo o quê...

Por não ter podido contar a Yukio sobre a internação da mãe – se o mesmo tivesse acontecido com ela, com certeza ficaria furiosa e, fora de si, nem imaginava o que faria –, há um mês Kyoko não consegue dormir direito de tanta aflição.

Sabedora de que no café corre o boato de que "é possível voltar ao passado", Kyoko viu inúmeros clientes irem até lá desejosos de viajar no tempo, mas jamais imaginou que se depararia com um evento que a levaria a pensar em fazer o mesmo para mudar o ocorrido.

Contudo, há um "porém". Kyoko deseja corrigir o que aconteceu, mas sabe muito bem que será impossível.

Afinal, mesmo retornando ao passado, existe a regra que diz:

Por mais que tente, você não pode mudar o presente.

E mesmo que ela retorne ao dia da hospitalização de Kinuyo e escreva uma carta para Yukio, uma vez que há essa regra, a carta enviada não chegará às mãos dele. E, mesmo que chegue, por alguma razão ele nunca a lerá. Portanto, ele ficará ciente do falecimento da mãe sem sequer saber que ela esteve internada e, furioso com a situação, não comparecerá ao funeral. Tudo por causa dessa regra. Em outras palavras, mesmo voltando ao passado, Kyoko não poderá mudar o presente. Sendo assim, não há sentido em retornar.

— Eu compreendo perfeitamente o sentimento de mamãe não tendo querido causar preocupação a Yukio.

No entanto, é esse pensamento que coloca Kyoko num dilema e a atormenta.

— Porém...

Kyoko cobre o rosto com as mãos e seus ombros tremem. Kazu volta a executar sua tarefa, sem dirigir a palavra a Kyoko. O tempo apenas flui serenamente.

Já posso ver o papai chegando!
Pum pum pum, o inseto peidador
Ah, que alegria, como é bom ouvir a sinfonia dos insetos
Varando as longas noites outonais!

Do cômodo dos fundos vem o som da canção com a letra modificada por Miki, mas, dessa vez, o riso de Kyoko não ecoa no interior do café.

Nesse mesmo dia, à noite...

Kazu está sozinha no café, ou, para ser mais exato, com a mulher de vestido.

Ela está arrumando as coisas, e a mulher de vestido, como de costume, lê seu romance em silêncio. Como são poucas as páginas remanescentes mantidas na mão esquerda, provavelmente ela está quase acabando a leitura.

Kazu aprecia esse momento após o fechamento do café. Não por gostar da arrumação e da limpeza, mas por sentir prazer em realizar suas tarefas em profundo silêncio, sem pensar em nada.

Para Kazu é a mesma sensação de quando pinta um quadro. Por amar uma técnica conhecida como hiper-realismo, ela desenha com habilidade o que vê à frente que nem uma fotografia, usando um único lápis. Além disso, ela só pinta objetos reais. Jamais recorre à imaginação ou a coisas fictícias, inexistentes. Ela não coloca nas pinturas qualquer emoção. Gosta apenas de transportar para a tela o que vê, sem refletir.

Plaft!

A mulher de vestido acabou de ler o romance e o som do livro sendo fechado reverbera pelo interior silencioso do salão.

Ela coloca o romance no canto da mesa e estende a mão para a xícara de café. Vendo sua ação, Kazu pega outro romance na parte de baixo do balcão e vai até ela.

— Quem sabe você apreciará este... — sugere, colocando o livro diante da mulher e recolhendo o que está em cima da mesa.

Kazu deve ter repetido inúmeras vezes essa ação, pois seus movimentos parecem demonstrar que está habituada à tarefa. No entanto, o semblante não se mostra desinteressado como de costume. São as feições de alguém que está prestes a entregar um presente escolhido a dedo para alegrar a pessoa amada.

Ver a alegria estampada no rosto da outra pessoa. Essa é a emoção natural de quem oferece um presente. O tempo passa rápido quando se escolhe algo com a intenção de alegrar a outra pessoa, imaginando sua reação ao recebê-lo.

A mulher de vestido não lê com muita rapidez. Apesar de passar o dia todo apenas lendo, ela gasta uns dois dias para terminar um romance.

Kazu vai uma vez por semana à biblioteca pegar livros para ela. Não se trata de um presente, mas entregar um romance à mulher de vestido está longe de ser para Kazu uma "tarefa" corriqueira.

Até alguns anos antes, a mulher de vestido leu repetidas vezes um romance intitulado *Os namorados*. Um dia, Miki, depois de comentar *Será que ela não se cansa de ler sempre o mesmo livro?*, entregou a ela um de seus livros ilustrados.

Se pelo menos ela se alegrasse com um romance escolhido por mim..., ocorre a Kazu. A partir daí, ela começou a selecionar os romances.

No entanto, alheia a essa preocupação de Kazu, a mulher de vestido estende a mão para o livro que lhe é entregue e, calada, fixa o olhar na primeira página.

Como a areia de uma ampulheta caindo silenciosa, qualquer traço de "expectativa" desaparece do semblante de Kazu.

DING–DONG

A campainha soa, apesar de ter passado do horário de encerramento e haver na porta uma placa indicando "FECHADO". No entanto, Kazu não se preocupa com quem pode ser. Sem pressa, volta ao seu posto atrás do balcão, direcionando o olhar para a entrada.

Um homem de tez morena, de pouco menos de 40 anos, usando uma t-shirt preta lisa de gola em V e uma jaqueta marrom-escura, calça da mesma cor e sapatos pretos, olha vagamente ao redor do café. Não há vivacidade em sua fisionomia.

– Olá, seja bem-vindo – cumprimenta Kazu.

– Vocês já fecharam? – pergunta, receoso.

É óbvio que, ao entrar, ele viu que o café estava fechado.

– Não tem problema – afirma Kazu, indicando-lhe um banco ao balcão.

O homem se senta, mas, parecendo cansado, cada uma de suas ações é vagarosa, como num filme em câmera lenta.

– Deseja algo para beber?

– Ah, não...

Qualquer funcionário normalmente ficaria confuso com um cliente que chegasse ao café depois de fechado e não pedisse nada.

— Tudo bem — diz Kazu, sem hesitar, ao escutar a resposta e, em silêncio, lhe oferece um copo d'água.

— Ah! — exclama o homem. — De... desculpe, então um café, por favor — acrescenta, parecendo ter percebido a estranheza de sua atitude.

— Pois não — replica Kazu, desviando o olhar para evitar muito contato visual e se dirigindo para a cozinha.

Ao ficar só, o homem suspira fundo e começa a observar o café em tom sépia. As luminárias e o ventilador girando lentamente no teto. Os três relógios de parede com os horários díspares e, a um canto, uma mulher de vestido branco lendo um romance.

Kazu volta da cozinha.

— Perdão, mas... é verdade o que dizem sobre ela ser um fantasma? — pergunta o homem, de chofre.

— Sim.

Kazu responde com a maior naturalidade a inusitada pergunta. Após ouvir os boatos, muitas pessoas vêm ao café por pura curiosidade. Kazu está tão acostumada com perguntas dessa natureza, que elas se tornaram pura tagarelice para ela.

— É mesmo? — desconfia o homem, com ar entediado.

Kazu começa a preparar o café diante dele. Na maioria das vezes, ela usa o sifão. O café preparado no sifão tem como característica a água fervente subir borbulhante pelo funil do globo de vidro inferior para o recipiente superior, onde *nasce* a bebida, caindo depois de volta. Kazu adora observar todo o processo.

Porém, por algum motivo, ela decide passar o café no coador. Volta à cozinha e traz até um moedor.

Preparar café coado é especialidade de Nagare, o proprietário do estabelecimento. Ele coloca um filtro de papel no coador, acrescenta os grãos moídos e verte água fervente sobre eles, para extrair o café gota a gota. Kazu acha esse método trabalhoso demais.

Ela começa a moer os grãos em silêncio. Não conversam. Calado, o homem apenas coça a cabeça, meio acabrunhado. Não aparenta ser do tipo que gosta de puxar assunto.

Instantes depois, o aroma perfumado do café se espalha por todo o ambiente.

– Desculpe a demora.

Kazu coloca diante do homem, com delicadeza, o café fumegante.

Calado, ele permanece imóvel por um tempo, com os olhos pregados na xícara. Kazu começa a arrumar diligentemente o equipamento.

No interior do café novamente silencioso, ouve-se apenas o som das páginas do livro sendo viradas pela mulher de vestido.

Decorrido algum tempo, o homem pega a xícara. Se fosse um apreciador de café, aspiraria o aroma até encher o peito, mas ele, sem alterar a expressão facial, toma um gole de forma desajeitada.

– Este café... – sussurra como num gemido.

Talvez admirado pela acidez, em sua expressão até então imutável, uma ruga se forma entre as sobrancelhas.

A variedade do café que o homem bebe é a moca, bastante aromática e de forte grau de acidez. Nagare é apaixonado pelo sabor desse café, e ali só o moca é servido. No entanto, para pessoas que em geral não são grandes apreciadoras da bebida, não são raras as que, assim como esse homem, sentem estranheza no sabor muito peculiar preparado apenas com grãos moca ou Kilimanjaro.

Quase todos os nomes dos cafés são originários do seu local de produção. O moca é um grão do Iêmen e da Etiópia, antigamente embarcado no porto de Moca, localizado no Iêmen, e o Kilimanjaro é produzido na Tanzânia. Nagare gosta de usar grãos cultivados na Etiópia, e há clientes que apreciam muito sua forte acidez.

76

– É moca harrar, o preferido da professora Kinuyo.
Ao ouvir isso, o homem solta uma exclamação de espanto e olha para Kazu com uma notória hostilidade.
Logicamente, ele não se espantou com o nome do café. Ele se admirou que a garçonete, vendo-o pela primeira vez e ignorando quem ele é, tenha mencionado o nome de Kinuyo.
O nome do homem é Yukio Mita. Filho de Kinuyo e irmão mais novo de Kyoko, ele almeja se tornar ceramista.
Embora Kinuyo tenha sido uma freguesa regular do café, Yukio está indo ali pela primeira vez. Mesmo Kyoko, que reside relativamente perto, a uns quinze minutos de carro, passou a frequentá-lo somente depois de Kinuyo ser internada e ela começar a vir comprar café para a mãe.
Yukio encara Kazu com desconfiança, mas ela, como se lhe dissesse *Estávamos esperando você*, não se importa com o olhar dele e sorri com serenidade.
– Quando... – murmura ele, coçando a cabeça. – Soube que eu era filho dela? – pergunta.
Embora já não esteja mais tentando disfarçar sua identidade, parece incomodado.
Kazu continua a limpar o moedor de café.
– Percebi logo. Você é bem parecido com ela – explica.
Com ar desorientado, ele alisa o próprio rosto. Ainda não se mostra convencido, parece estar ouvindo isso pela primeira vez.
– Por coincidência, à tarde, eu estive com Kyoko e ela comentou sobre você. Portanto, em parte foi intuição minha, achei que poderia ser...
– Ah, então foi isso... – Ele se convence ao ouvir a explicação de Kazu e desvia o olhar por um instante. – Sou Yukio Mita – apresenta-se com um aceno de cabeça.
Kazu também faz uma leve reverência.
– Kazu Tokita. Muito prazer.

— Li sobre você numa carta que recebi da minha mãe. E ela também me falou do boato sobre este café... – diz ao ouvir o nome Kazu e dirige o olhar para a mulher de vestido.

Yukio engole em seco e se levanta do banco do balcão.

— Por favor, faça com que eu volte ao passado. Ao tempo em que minha mãe ainda estava viva – pede, já fazendo um ligeiro aceno de cabeça em agradecimento.

Desde criança, Yukio é focado e perseverante em tudo que executa. Quando lhe era atribuída uma missão, mesmo sem alguém supervisionando, não fazia corpo mole. No horário de arrumação da sala, quando estava no ensino fundamental, por exemplo, enquanto todos os colegas brincavam, ele ficava sozinho executando a tarefa em silêncio.

De temperamento calmo, era gentil com todos. Durante toda a sua vida escolar, pertenceu ao grupo de alunos que não se destacavam. O menino simbolizava o ser humano comum, mediano.

O ponto de virada ocorreu como uma epifania, numa viagem da escola, no ensino médio. O destino era Kyoto e o objetivo, experimentar artes e ofícios tradicionais. Ele optou pela cerâmica, entre vários que incluíam leques, carimbos e trabalhos manuais em bambu. Logo na primeira vez que fez girar um torno de oleiro, a peça produzida foi de longe muito superior às dos demais alunos. *Nunca vi uma criança conseguir criar uma peça tão bem torneada na primeira tentativa. Você tem talento*, chegou a afirmar o professor da oficina experimental. Estas foram as primeiras palavras elogiosas que alguém lhe dirigiu.

Devido a tal experiência nessa viagem da escola, Yukio começou a pensar vagamente em ser oleiro profissional, embora ignorasse como deveria proceder para se tornar ceramista. Mesmo passado um bom tempo da viagem, continuou sendo martelado pela ideia.

Certo dia, assistiu na TV a um programa apresentando as obras do oleiro Yamagishi Katsura. *"Sou ceramista há quarenta anos e só agora consegui finalmente criar peças que me deixam satisfeito"*, comentou. Yukio se emocionou profundamente com os objetos apresentados.

Não se tratava de estar insatisfeito com a sua vida comum, mas, em algum lugar do seu coração... *"Desejo encontrar um trabalho ao qual eu possa dedicar toda a minha vida."* Yamagishi Katsura tornou-se o modelo daquilo que Yukio aspirava ser.

Há basicamente duas formas de se tornar ceramista: cursar uma universidade ou escola profissionalizante da área de Belas-Artes, ou tornar-se aprendiz num ateliê.

Em lugar de frequentar uma escola profissionalizante, Yukio preferiu se tornar aprendiz de Katsura, em Kyoto. Ele gostou do que ouviu do ceramista no programa de TV: *"Para se tornar o melhor, é preciso conviver com os melhores."*

Entretanto, ao ser consultado, Seiichi, seu pai, se opôs a seu desejo de ingressar na profissão. *Mesmo que milhares ou dezenas de milhares almejem, na prática só bem poucas pessoas talentosas conseguem ganhar seu pão de cada dia como ceramista. Não penso que você tenha tamanho talento.*

Ainda assim, Yukio não desistiu. Porém, frequentar uma universidade ou escola profissionalizante representaria um fardo financeiro para os pais. Pretendendo não causar transtornos à família por seu capricho, decidiu aprender a profissão trabalhando como aprendiz numa olaria. O pai não aprovava a ideia, mas Kinuyo conseguiu dobrá-lo e, logo depois de se formar no ensino médio, Yukio partiu para Kyoto. A olaria escolhida foi, logicamente, a de Yamagishi Katsura.

No dia de sua partida para Kyoto, Kinuyo e Kyoko foram até a plataforma do Shinkansen, o trem-bala, para se despedir.

Kinuyo lhe entregou sua caderneta de poupança e seu carimbo de identificação – uma espécie de senha –, dizendo *Não é muito, mas...* Yukio sabia do afinco com que a mãe economizara o dinheiro, pois *desejava algum dia fazer uma viagem ao exterior com o marido.*

"Não posso aceitar!", recusara ele.

"Use numa emergência", insistira ela.

Soou o apito anunciando a partida do trem-bala. Sem alternativa, Yukio recebeu a caderneta e o carimbo, fez um ligeiro aceno de cabeça em agradecimento e partiu para Kyoto.

Depois disso, embora Kyoko insistisse para irem embora, por um tempo, Kinuyo permaneceu de pé na plataforma, acompanhando o trem-bala com o olhar até ele desaparecer.

– Mesmo voltando ao passado, por mais que se esforce, você não pode mudar o presente.

Kazu começa a explicar a regra imutável. É preciso enfatizá-la, sobretudo para o caso de a pessoa que se deseja encontrar já ter morrido.

O luto. Chegou de repente. Por não ter sido informado da internação, a morte de Kinuyo foi um golpe que surpreendeu Yukio.

Contudo, nesse momento, ele parece, de alguma forma, estar ciente da regra, pois seu semblante não muda.

– Sim, eu sei – responde.

O câncer de Kinuyo foi descoberto na primavera desse ano. Na época, ao ser diagnosticada, o tumor já estava em estágio avançado, e lhe prognosticaram apenas seis meses de vida. Caso tivessem identificado a doença três meses mais cedo, algo até poderia ter sido feito, o médico informou a Kyoko.

Porém, uma vez que há uma regra de que o presente não pode ser mudado, mesmo que Yukio voltasse ao passado e se esforçasse para descobrir a doença mais cedo, não alteraria o fato de Kinuyo falecer.

Kazu supõe que ele ouviu de Kinuyo as regras, mas assim mesmo pergunta:

– Quer que eu explique resumidamente as regras?

Ele pensa por um instante.

– Sim, por favor – pede.

Kazu interrompe seu trabalho e começa a explanação.

– A primeira regra. Mesmo voltando ao passado, você só pode encontrar pessoas que já estiveram no café.

– Entendido – responde ele.

A chance de encontrar uma pessoa que veio uma única vez ao café ou que apareceu por um breve período é ínfima. No caso de Kinuyo, uma cliente regular, a probabilidade de um encontro é altíssima. Kazu imagina que sendo a mãe quem Yukio deseja encontrar, não precisa entrar em mais detalhes e passa para a explicação da regra seguinte.

– A segunda é a que eu me referi há pouco. Mesmo voltando ao passado, por mais que se esforce, você não pode mudar o presente.

– Entendido – concorda ele de novo, sem nada questionar.

– A terceira regra. Para voltar ao passado, você deve se sentar naquela cadeira, ocupada por ela agora… – diz Kazu, dirigindo o olhar para a mulher de vestido. Yukio acompanha o rosto dela. – Você só consegue se sentar quando ela se levanta para ir ao banheiro.

– E quando isso ocorre?

– Ninguém sabe… Mas, como ela se levanta sem falta uma vez por dia…

– Basta esperar, então?

– Exatamente.

– Entendido – concorda.

Como Kazu é do tipo calado e Yukio, por sua vez, não pergunta ou fala muito, a explicação avança sem problemas.

– A quarta regra. Mesmo voltando ao passado, não é possível se levantar da cadeira onde se está sentado. Caso o faça, você será arrastado forçosamente ao presente.

Se o cliente esquecer essa regra, apesar de ter retornado ao passado, o triste resultado será ser trazido de imediato de volta ao presente.

– A quinta regra. A volta ao passado dura apenas do momento em que eu verto o café na sua xícara até o instante em que ele esfria por completo.

Kazu estende o braço para encher o copo que Yukio esvaziou durante a explicação. Ele parece estar com sede, pois toma frequentes goles de água.

As regras irritantes não se limitam a essas.

A viagem no tempo só pode ocorrer uma única vez.

É possível tirar fotos no presente ou no passado, dar e receber presentes.

É inútil usar algum dispositivo para manter a temperatura do café, pois ele acaba esfriando de qualquer jeito.

Além disso, quando foi publicado numa revista um artigo sobre "lendas urbanas", o estabelecimento ficou famoso como o "café que permite voltar ao passado", mas, para ser exato, é possível também viajar ao futuro. Entretanto, praticamente ninguém tem essa intenção. Porque embora seja possível ir adiante no tempo aonde se quer, não se pode saber se a pessoa que se deseja encontrar estará lá nesse momento. Ninguém conhece os eventos vindouros. A menos que haja uma razão muito desesperadora, mesmo se transportando ao futuro, a probabilidade de poder ter um encontro durante o curto espaço de tempo até o café esfriar é razoavelmente baixa. O mais provável é que o resultado se mostre inútil.

Mas Kazu não explica tudo isso. Habitualmente, apenas transmite as cinco regras. Caso perguntem sobre as outras, ela responde.

Yukio toma um gole da água servida por Kazu.

— É verdade o que minha mãe disse sobre virar um fantasma, caso não se beba todo o café até que ele esfrie totalmente? — pergunta, encarando Kazu.

— Sim, é verdade!

Yukio abaixa os olhos e respira fundo.

— Isso significa morrer... né? — pergunta para se certificar.

Nunca alguém procurara ratificar se tornar-se um fantasma significava "morrer".

Até então, Kazu respondera todo tipo de perguntas mantendo a mesma expressão; entretanto, nesse momento, seu rosto logo se anuvia. Ainda assim, apenas por um breve instante. Kazu respira fundo, pisca devagar e retoma o rosto impassível de sempre.

— Exatamente — responde.

Yukio assente com a cabeça, aparentemente convencido com a resposta.

— Entendido — murmura.

Ao terminar de explicar todas as regras, Kazu olha para a mulher de vestido.

— Agora é só aguardar ela se levantar da cadeira. Consegue esperar? — indaga ela.

Esta última pergunta é para confirmar se Yukio irá ou não ao passado.

— Consigo — responde ele de pronto, resoluto, e pega a xícara diante dos olhos. O café talvez já esteja morno, pois bebe todo num único gole.

Kazu pega a xícara vazia.

— Deseja mais um? — pergunta.

– Não, não há necessidade – recusa com um gesto de mão. O café que Kinuyo gostava e tomava todo dia não é do seu agrado.

Kazu se dirige à cozinha, levando a xícara vazia de Yukio, mas se detém no meio do caminho.

– Por que não foi ao funeral? – pergunta, virada de costas para ele.

Da perspectiva de um filho ausente no funeral da mãe, não é estranho ele sentir que está sendo repreendido. É incomum para Kazu indagar algo do gênero.

Yukio também se sente desse jeito e, franzindo de leve o cenho, replica:

– Eu preciso responder? – O tom de voz de Yukio é um pouco áspero, mas Kazu mantém o semblante impassível.

– Não – diz ela, indiferente como sempre. – É só porque Kyoko parece se culpar por você não ter comparecido ao funeral – acrescenta e, abaixando de leve a cabeça, entra na cozinha.

Na realidade, não foi culpa de Kyoko o fato de Yukio não ter comparecido ao funeral da mãe. Logicamente foi duro aceitar que ela havia morrido, mas o motivo principal de não ter comparecido é que estava sem condições financeiras de comprar uma passagem de Kyoto para Tóquio.

Quando recebeu a notícia da morte, Yukio tinha uma dívida vultosa.

Três anos antes, quando ainda era um aprendiz batalhando com seriedade para se tornar ceramista, ele recebera uma oferta de sociedade, caso desejasse abrir um ateliê. Ter uma olaria própria é o grande sonho de todo aspirante a ceramista.

Obviamente, Yukio também ansiava por um dia ter o seu próprio negócio em Kyoto.

A oferta de sociedade veio do dono de uma empresa atacadista recém-estabelecida em Kyoto, que visitava com frequência a olaria do mestre de Yukio.

Yukio saíra de Tóquio dezessete anos atrás. Durante quase todo esse tempo, morara num quarto de dez metros quadrados, sem banheiro, não se dando a qualquer tipo de luxo, apenas vivendo com austeridade, tudo para economizar.

Sem dúvida, havia nele o desejo de mostrar o quanto antes à mãe aonde havia chegado. Na realidade, quase completando 40 anos, a impaciência era agora ainda maior. Ao receber a proposta, pegara um financiamento do montante que faltava junto a um banco e, somado a todas as economias poupadas até então, entregara todo o seu dinheiro à tal empresa atacadista para dar início aos preparativos para abrir um ateliê próprio.

Entretanto, o proprietário da empresa que lhe oferecera sociedade fugira com todo o dinheiro de Yukio.

Era um golpe. Ele fora enganado. Assim, o que restara para Yukio não havia sido uma olaria, mas uma enorme dívida em seu nome.

Problemas financeiros causam tortura psicológica.

Todos os dias ele só pensava em liquidar a dívida e, por conta disso, parara por completo de refletir sobre o futuro. *O que eu faço agora para arranjar dinheiro? O que poderei fazer amanhã para obter grana?* Era tudo que conseguia pensar.

Não seria melhor morrer?

Essa ideia lhe cruzara inúmeras vezes a mente. Mas, se morresse, a mãe seria obrigada a assumir a dívida. Apenas isso o impedia de se suicidar.

Era essa a sua condição um mês antes de receber a notícia da morte de Kinuyo.

Dentro dele, ouve-se o som do esticado cordão sendo rompido.

Quando Kazu desaparece na cozinha, Yukio tira do bolso interno da jaqueta o seu celular, olha para a tela e solta um breve suspiro.

— Sem sinal — sussurra, olhando de relance para a mulher de vestido. Depois de um tempo, como se refletisse sobre algo, ele se levanta.

Imaginando que a mulher de vestido ainda irá demorar para ir ao banheiro, sempre com o celular na mão, Yukio sai bruscamente do café.

DING–DONG

Soa a campainha.

Logo depois, *plaft*, a mulher de vestido fecha seu romance.

Yukio deve ter saído para telefonar, mas é certo que o fez em péssima hora.

A mulher de vestido coloca o romance que estava lendo embaixo do braço, levanta-se com calma e, sem fazer qualquer ruído, começa a caminhar em direção ao banheiro.

Existe no café uma enorme porta de madeira na entrada. O banheiro fica à direita. A mulher de vestido cruza o arco da entrada a passos lentos e dobra à direita.

Bang.

Assim que a porta se fecha com um pequeno ruído, Kazu volta da cozinha e dá de cara com o salão vazio.

Se fosse Nagare, certamente ele iria às pressas procurar Yukio. Afinal, essa é a única oportunidade do dia para retornar ao passado.

Porém, Kazu não se apressa. Ao contrário, com o rosto impenetrável como se nada estivesse acontecendo, começa a retirar a xícara usada pela mulher de vestido. Ela age como se Yukio, o visitante, nunca tivesse estado ali. Certamente, não tem interesse em saber o motivo que fez com que saísse ou mesmo se retornará.

Depois de limpar a mesa com um paninho, Kazu volta para a cozinha para lavar a xícara que está na bandeja. Nesse instante, soa de novo a campainha.

DING-DONG

Yukio voltou. Está de mãos vazias: guardou o celular no bolso. Senta-se novamente na banqueta do balcão e estende a mão para o copo à sua frente. Ao se sentar, bebe toda a água e solta um longo suspiro. Por estar de costas, não percebe que a mulher de vestido não se encontra sentada na cadeira.

Kazu vem da cozinha, trazendo, numa bandeja, um bule prateado e uma xícara branca.

– Telefonei para a minha irmã – Yukio explica a razão de ter deixado seu assento tão logo percebe a presença de Kazu. Não há em sua voz o tom ríspido de antes, quando revidou dizendo *Eu preciso responder?*, ao ser indagado do motivo de não ter ido ao funeral.

– Ah, é? – diz Kazu com tranquilidade, ignorando o que ele teria conversado com a irmã.

Yukio ergue o olhar e engole em seco ao ver a silhueta de Kazu. É como se o corpo dela estivesse envolvido por uma indistinta chama azul-clara, e pairasse ao seu redor uma atmosfera misteriosa e transcendental.

– A cadeira está desocupada... – anuncia ela.

Só então ele repara que a mulher de vestido não está mais *naquela* cadeira.

– Ah!

– Quer se sentar? – pergunta Kazu.

Yukio, por um tempo, parece estar no mundo da lua, certamente admirado consigo mesmo por não ter notado a ausência da mulher de vestido.

— Ah... quero — responde e avança até ficar em frente à cadeira. Depois de fechar os olhos e respirar fundo, desliza o corpo entre a mesa e o assento.

Kazu coloca a xícara branca na frente dele.

— Agora eu vou lhe servir o café — avisa, numa voz serena, porém sombria. — Você só poderá permanecer no passado do momento em que a xícara estiver cheia até antes que o café esfrie.

Embora ela já tenha explicado essa regra, sem responder de imediato, Yukio reflete por um instante, de olhos fechados.

— Entendido... — concorda enfim, como se estivesse falando para si mesmo.

Kazu assente de leve com a cabeça e, pegando na bandeja um palito metálico de cerca de dez centímetros, semelhante àqueles usados para mexer drinques, deposita-o na xícara.

Yukio olha, curioso, para o utensílio.

— O que é isso? — pergunta, inclinando a cabeça de lado.

— Use-o em vez de uma colher — explica ela, sucinta.

Por que não uma colher?, pergunta-se, pois não quer perder um tempo precioso ouvindo a explicação.

— Entendido — responde simplesmente.

— Posso começar? — pergunta Kazu.

— Sim — responde Yukio num sussurro, depois de tomar mais um gole de água e respirar fundo.

Kazu assente de leve com a cabeça e, lentamente, pega o bule prateado com a mão direita.

— Mande minhas lembranças à professora Kinuyo... — diz baixinho. — Não se esqueça... antes que o café esfrie.

Kazu começa a verter o café na xícara, em movimentos como em câmera lenta. Embora comuns, seus gestos graciosos, típicos de uma bailarina, contêm uma sublime qualidade ritualística. Ao mesmo tempo, a atmosfera se torna tensa.

O bico do bule prateado é bem estreito, e o café dele vertido se assemelha a um fio delgado. Diferentemente do som de gorgolejo que o líquido faz ao ser servido por um bule de boca larga. Em silêncio, o café se desloca bem devagar do bule prateado para a xícara branca.

Yukio observa o contraste entre o café preto e o branco da xícara, enquanto do café vertido ascende lentamente uma coluna de vapor. Nesse instante, a paisagem ao redor começa a reluzir e se deformar. Em pânico, ele tenta coçar os olhos, mas em vão. As mãos que deles se aproximam se transformaram em vapor, embora continue a senti-las.

O que está havendo?

De início, ele se espanta com o acontecimento inesperado, mas, pensando no que ocorrerá dali em diante, fecha os olhos aos poucos e se deixa levar, como se nada mais importasse.

A paisagem ao redor de Yukio flui com suavidade.

Yukio se recorda da mãe.

Quando criança, ele viu a morte de perto em três ocasiões. Em todas elas, Kinuyo estava ao seu lado.

Na primeira vez, aos dois anos de idade, contraiu pneumonia e teve uma febre de quase quarenta graus, além de uma tosse persistente. Graças aos avanços da medicina, atualmente a pneumonia não é uma doença de difícil tratamento, sendo prescritas drogas eficazes. Sabe-se agora que crianças na primeira infância são mais suscetíveis, e que a causa principal são bactérias e vírus, com métodos de tratamento inequívocos.

No entanto, na época, não eram poucos os casos em que se ouvia do médico *Não há o que fazer. Fiz o melhor que pude. Agora tudo vai depender do seu filho.* Também no caso de Yukio, ignorava-se que a pneumonia era bacteriana. Como a febre beirando os quarenta graus e a tosse violenta persistiam, Kinuyo chegou a ouvir dos médicos que ela *deveria estar preparada para o pior.*

Na segunda vez, aos sete, Yukio se afogou brincando no rio e sobreviveu por milagre a uma parada cardiorrespiratória. Encontrado por um oficial do Corpo de Bombeiros local, foi salvo graças à aplicação de respiração boca a boca. Kinuyo estava com ele, mas tudo acontecera no instante em que ela se descuidara.

A terceira vez foi um acidente de trânsito quando ele estava com 10 anos. Ao sair para passear de bicicleta – o presente que acabara de ganhar –, foi atropelado, na presença de Kinuyo, por um carro que avançou o sinal. Ele foi atirado a uns dez metros de distância. Levado de ambulância para o hospital com o corpo coberto de contusões, Yukio ficou entre a vida e a morte, mas, sem traumatismo craniano – milagrosamente –, recobrou a consciência.

Os pais não podem impedir que os filhos adoeçam, se machuquem ou sofram acidentes. Nessas três vezes, Kinuyo cuidou do filho de maneira incansável até sua plena recuperação. Exceto para ir ao banheiro, ela não se afastava de Yukio, tomando as mãos dele entre as suas, como se estivesse orando. O marido e os pais se preocupavam com ela e lhe diziam para descansar, mas ela se fazia de desentendida. O amor dos pais por um filho é incondicional. Os filhos são sempre crianças, não importa a idade.

Esse pensamento nunca mudou, nem mesmo quando Yukio saiu de casa ambicionando tornar-se profissional da arte com cerâmica.

Ele começou como aprendiz de um famoso ceramista de Kyoto, mas, embora recebesse alimentação e teto, não tinha salário. Por isso, trabalhava de dia na olaria e, à noite, fazia bico numa loja de conveniência ou em *izakayas*.

Yukio suportava o ritmo por ser um jovem de seus 20 e poucos anos de idade, mas, ao entrar na casa dos 30, começou a se sentir fisicamente extenuado. Quando passou a receber um modesto salário da olaria, e também porque não queria viver para sempre num quarto, alugou um apartamento, o que acabou por tornar sua vida financeira ainda mais árdua.

Apesar de tudo isso, poupava sempre um pouco, para no futuro ter a sua própria olaria. Por vezes, a mãe lhe escrevia e enviava, junto com a carta, alimentos instantâneos, o que ajudava na sua sobrevivência.

Havia semanas que Yukio passava com míseros mil ienes na carteira. Rapazes da sua geração trabalhavam e aproveitavam a juventude, namorando ou comprando carros, mas ele vivia na frente do torno, amassando o barro com determinação, coberto de fuligem, ansiando pelo tão sonhado dia em que teria seu nome reconhecido.

Duvidando do próprio talento, várias vezes cogitou desistir. Então, com mais de 30 anos, não via aonde poderia chegar se continuasse a fazer bicos. Se fosse para ter um trabalho decente era melhor largar tudo o quanto antes. Se já era difícil conseguir um emprego, depois dos 40 aí mesmo que as empresas não o contratariam. Agora, inclusive, já estava complicado conseguir qualquer colocação. Até quando continuaria insistindo? Quando teria sucesso como ceramista? O futuro era incerto. Sem garantias. Sem tampouco poder se casar, sua vida era uma luta diária com o barro.

Apesar de tudo, ele se apegava a uma tênue esperança. Se pudesse realizar seu sonho, deixaria a mãe orgulhosa. Poder alegrá-la era o que lhe dava forças para persistir. Ainda que fosse ridicularizado e achincalhado pela sociedade, sabia que a mãe confiava em seu êxito.

Contudo...

Nunca poderia imaginar que teria todo o seu patrimônio usurpado e contrairia uma dívida vultosa.

No momento mais difícil, quando mais precisava do apoio de alguém, recebera a notícia de que a mãe morrera. Isso o levou às raias do desespero.

Por que logo agora?
Por que só eu preciso sofrer tanto assim?
Para que eu nasci? Para que estou vivendo?

A peça O *pássaro azul*, de Maurice Maeterlinck, conta a seguinte história:

As crianças Tiltil e Mitil encontram um menino esperando para nascer no "Reino do Futuro", destinado a trazer ao mundo três doenças. Logo após o nascimento, esse menino contrai escarlatina, coqueluche e sarampo, e acaba vindo a óbito.

Yukio se recorda da tristeza que sentiu ao ouvir essa história quando criança.

Se isso for fatalidade, um destino inalterável, como a vida é injusta! Yukio concluiu que se as pessoas não eram capazes de mudar por si mesmas essa sina injusta, por que razão então elas nasciam?

Ao recuperar a consciência, seus olhos estão marejados. Ele só percebe que são lágrimas quando enxuga com a mão as que escorrem pelas bochechas. As mãos transformadas em vapor voltam à forma corpórea, e a paisagem bruxuleante ao redor, em determinado momento, cessa de se mover.

Zruc-zruc, zruc-zruc, zruc...

Ao ouvir o som dos grãos de café sendo moídos, Yukio dirige o olhar ao balcão. O ventilador girando lentamente no teto, as luminárias, os relógios de parede são os mesmos de alguns segundos antes. Entretanto, a pessoa atrás do balcão é diferente. Quem mói os grãos é um homem enorme, de olhos bem puxados, que Yukio está vendo pela primeira vez. Ele percorre o salão com o olhar, mas só há ali, além dele, claro, aquele gigante.

Será que eu voltei realmente no tempo?

Yukio está na dúvida, mas não imagina o que fazer para se certificar.

A garçonete chamada Kazu simplesmente desapareceu, e atrás do balcão está aquele desconhecido. Yukio vira o corpo se tornar vapor e a paisagem ao redor fluir. Mesmo assim, não consegue acreditar que está no passado.

O homem corpulento detrás do balcão mói com naturalidade os grãos de café, indiferente à aparição de Yukio. Sem dúvida, para o grandalhão é algo trivial um estranho surgir de repente *naquela* cadeira. E mais, não demonstra o menor interesse em conversar.

Isso é bem conveniente para Yukio. Ele não está se sentindo à vontade para responder perguntas, mal tendo chegado ali. Quer apenas confirmar se voltou ou não a um momento no passado em que Kinuyo está viva.

Kyoko lhe informou que a mãe havia se internado na primavera, seis meses antes, e Yukio precisa saber em que ano e mês ele está agora.

– Perdão, mas... – dirige-se ao grandalhão.

Justo nesse momento...

DING-DONG

– Bom dia.

Devido ao leiaute do café, não é possível saber quem acabou de entrar logo após a campainha soar. Porém, Yukio reconhece de imediato a voz.

Mãe...

Olhando para a entrada próxima à caixa registradora, ele vê a mãe chegar mancando, apoiada no ombro do neto.

– Ah.

Assim que bate os olhos em Kinuyo, Yukio esconde o rosto para não ser visto por ela e morde o lábio inferior.

Ela veio pouco antes da internação...

Havia cinco anos desde a última vez que vira a mãe. Nessa ocasião, ela ainda estava saudável e não precisava se apoiar num ombro para caminhar. No entanto, a Kinuyo diante de Yukio está extremamente magra e debilitada. Olhos encovados e cabelos brancos. Veias saltam da mão que Yosuke segura, e cada dedo parece uma finíssima vareta. A essa altura, o corpo já começara a ser carcomido pela doença.

Nunca poderia imaginar que chegaria a esse ponto...

Yukio não consegue erguer o olhar.

Quem primeiro nota a presença dele é Yosuke.

– Vovó... – diz ele com delicadeza ao pé do ouvido de Kinuyo e a ajuda a girar lentamente o corpo na direção do filho.

Percebe-se bem que Yosuke, o netinho querido, dá apoio à fragilizada Kinuyo, tornando-se suas mãos e pés.

Ao perceber que é Yukio quem Yosuke vê, seus olhos se arregalam.

– Minha nossa! – exclama Kinuyo.

Ao ouvir a voz da mãe, Yukio ergue, finalmente, o rosto.

– A senhora parece bem – afirma ele.

Sua voz está mais alegre do que quando conversou com Kazu.

– O que houve? Por que você está aqui?

Kinuyo se espanta ao se deparar, de repente, naquele café, com o filho que deveria estar em Kyoto, mas seus olhos brilham de alegria.

– Vim visitá-la – replica ele, também sorridente.

Kinuyo agradece em voz baixa a Yosuke e caminha sozinha até a mesa onde está Yukio.

– Pode me servir um café, Nagare? Eu vou tomá-lo aqui – pede educadamente enquanto caminha.

– É pra já – responde Nagare, que, antes mesmo de receber o pedido, já colocou os grãos moídos no coador de papel. Agora só falta verter a água fervente e o café estará pronto.

Como Kinuyo vem sempre no mesmo horário, Nagare já mói os grãos para coincidir com a chegada da cliente.

Yosuke se senta ao balcão para ficar de frente para Nagare.

– O que vai querer, Yosuke?

– Suco de laranja.

– Vou preparar.

Após receber o pedido de Yosuke, Nagare inicia o processo de verter a água quente do bule em movimentos circulares sobre o pó no centro do coador.

Começa a se espalhar no ambiente o delicioso aroma do café. Kinuyo ama mais do que tudo esse instante. Um sorriso se esboça. "Upa", deixa escapar ao se acomodar no assento diante de Yukio.

Kinuyo é uma cliente habitual do café há décadas. Logicamente, conhece bem as regras dali. Com certeza, deve saber, sem que ninguém precise lhe dizer, que o Yukio sentado diante dela veio do futuro. Yukio, por sua vez, deseja apenas evitar que ela lhe pergunte a razão de sua vinda.

Vim encontrar minha falecida mãe...

Mesmo que sua boca fosse dilacerada, ele jamais pronunciaria essa frase, por isso sente necessidade de dizer uma coisa qualquer. Yukio está inquieto por precisar falar algo.

– A senhora emagreceu um pouco? – acaba se apressando em dizer.

No instante em que deixa escapar a pergunta, Yukio se arrepende amargamente.

Ele não sabia exatamente quando ela fora diagnosticada com câncer, mas havia sido um pouco antes da internação. Era natural que já estivesse perdendo peso. Yukio deseja apenas que a conversa não gire em torno da doença. As palmas das mãos estão molhadas de suor.

— Ah, você acha? Fico feliz — afirma Kinuyo e leva as mãos às faces, num gesto de contentamento.

Talvez ela ainda não saiba da doença..., ocorre a Yukio.

Há casos em que a pessoa só é informada após a hospitalização. Se Kinuyo ainda não tem conhecimento da doença, sua reação é absolutamente normal.

Que alívio!

Yukio se tranquiliza e cuida para, na medida do possível, manter uma conversa casual.

— A senhora se alegra ao me ouvir dizer isso? — pergunta com um sorriso meio amargurado.

— Claro! — responde ela com o rosto sério. — Você também não emagreceu um pouco?

— Será?

— Está se alimentando direitinho?

— Estou! De uns tempos pra cá, tenho preparado a minha própria comida.

Desde que fora informado da morte de Kinuyo, Yukio não fizera uma refeição decente sequer.

— Ah, verdade?

— Não se preocupe, já deixei para trás minha vida de macarrão instantâneo.

— E tem lavado suas roupas?

— Sim, sempre.

Havia quase um mês que ele não trocava de roupa.

— Por mais que esteja cansado, é preciso se esforçar para sempre dormir num futon.

— Eu sei.

Inclusive, ele já havia cancelado o aluguel do apartamento.

– Se precisar de dinheiro, não tome emprestado de ninguém, fale comigo, entendeu? Se não for muito, acho que poderei ajudar.

– Não se preocupe, dinheiro não é problema.

Na véspera, ele havia concluído o processo de falência pessoal. Não pretendia causar transtornos à mãe e à irmã, fazendo-as assumir uma dívida vultosa.

Yukio apenas desejava ver o rosto da mãe pela última vez.

Se fosse possível voltar ao passado para mudar o presente, ele certamente não escolheria esse final. Teria feito tudo ao seu alcance para mandar a mãe, diante de seus olhos, para um bom hospital. E, naquele momento, explicaria as circunstâncias para o enorme desconhecido atrás do balcão e lhe pediria que tomasse algumas providências.

Mas a verdade é que seu desejo não poderia se realizar.

Yukio perdera a vontade de viver. Mas não desejava de jeito nenhum entristecer a mãe. Só mesmo essa determinação o fazia aguentar firme, por mais que tivesse sido enganado ou por mais difícil que fosse a sua situação. Por isso resolvera viver positivamente e não morrer antes da mãe.

Porém, ao voltar para o presente, sua mãe não estaria mais lá...

Yukio fala com a mãe com uma expressão cândida no rosto.

– Eu finalmente consegui a minha própria olaria e serei um ceramista.

– Verdade?

– Não é mentira, não.

– Que maravilha...

Lágrimas transbordam dos olhos de Kinuyo.

– A senhora não tem razão para chorar, não é? – Yukio estende a ela um guardanapo de papel.

– É que... – Kinuyo começa a dizer, sem conseguir completar.

Observando a mãe, Yukio retira com calma algo do bolso interno do casaco.

– Por isso, eu queria...

E coloca diante de Kinuyo a caderneta de poupança e o carimbo pessoal que recebeu dela quando partiu pela primeira vez para Kyoto.

– Eu pretendia usar caso as coisas se complicassem, mas nunca precisei...

Por mais dura que a vida tivesse se tornado, ele nunca conseguiria usar o dinheiro, símbolo dos desejos da mãe, que, ao se despedir dele, acreditava totalmente no seu sucesso. Portanto, ele havia decidido que, tão logo se tornasse um ceramista bem-sucedido, devolveria a caderneta.

– Mas esse dinheiro...

– Não se preocupe. Justamente por tê-lo comigo, consegui superar até agora as adversidades. Eu me esforcei para poder devolvê-lo à senhora, mãe.

Não é mentira.

– Por favor, aceite.

– Yukio...

– Obrigado, mãe.

Yukio abaixa a cabeça com firmeza, em agradecimento. Kinuyo recebe a caderneta e o carimbo que ele estendeu e os aperta junto ao peito, como em oração.

Assim, não terei arrependimentos. Agora, é só esperar até que o café esfrie.

Desde o início, Yukio não pretendia voltar ao presente.

Contudo, assim que soubera da morte de Kinuyo, não parara de se preparar para esse momento. Ele não poderia apenas morrer. Se deixasse dívidas, causaria transtorno à família. No último mês, prosseguira a todo custo com os preparativos para decretar a falência pessoal. Sem dinheiro sequer para comprar a passagem para ir ao funeral, fizera bico todos os dias, pensando em ganhar o suficiente para contratar um advogado e comprar uma passagem para vir até o café. Tudo em função deste momento.

Yukio sente as forças se esvaírem do corpo, como uma marionete com os cordéis rompidos. Talvez também por não ter dormido direito no último mês, o cansaço tenha alcançado o seu limite, mas, agora que tudo está chegando ao fim, ele se sente satisfeito.

Que ótimo! Agora tudo ficará mais fácil.
Ele tem a sensação de estar livre.
Então, subitamente...
Bip-bip, bip-bip, bip-bip...
De sua xícara, soa um suave alarme. Ele não entende o que esse alarme pode significar, mas, ao ouvi-lo, lembra-se das palavras de Kazu. E pega de dentro da xícara o palito prateado que emitiu o som.

— Falando nisso, a garçonete aqui do café me pediu para lhe transmitir lembranças... — diz a Kinuyo o que lhe foi pedido por Kazu.

— Kazu?
— Hum, sim.
— Ah, é?

Por um instante, o semblante de Kinuyo anuvia, mas, depois de cerrar devagar os olhos e respirar fundo, volta a dirigir a Yukio um rosto sorridente.

— Senhora Kinuyo...

Detrás do balcão, Nagare a chama com o rosto pálido. Ela sorri para Nagare.

— Entendi. — É tudo que diz.

Observando sem compreender o diálogo entre os dois, Yukio pega a xícara e toma um gole do café.

— Ah, que delícia!

Yukio mente. Ele não aprecia a forte acidez do moca.

Kinuyo observa o filho com olhos repletos de candura.
– Uma moça encantadora, não?
– Hã? Quem?
– Kazu, ora bolas.
– É? Ah, sim, claro.
Yukio torna a mentir. Ele mal teve tempo para analisar a personalidade de Kazu.
– Ela entende bem o sentimento das pessoas. E sempre se preocupa com quem se senta aí nessa cadeira.
Yukio não tem a mínima ideia do que a mãe está tentando lhe dizer, mas não se importa com o conteúdo da conversa, pensando que basta apenas, naquele momento, esperar o café esfriar.
– Havia uma mulher de vestido branco sentada nessa cadeira, não?
– Uma mulher? Ah, sim…
– Ela foi se encontrar com o falecido marido, mas não retornou…
– É mesmo?
– Ninguém sabe o que aconteceu quando ela voltou ao passado. Porém, mesmo assim, ninguém imaginou que ela nunca retornaria ao presente.
A figura de um Nagare cabisbaixo, detrás do balcão, salta para dentro dos olhos de Yukio.
– Quem serviu a ela o café foi Kazu, que tinha apenas sete anos na época…
– É mesmo? – murmura Yukio, aparentando desinteresse.
Ele não entende aonde Kinuyo quer chegar dizendo-lhe essas coisas.
O rosto de Kinuyo se entristece ao ouvir a resposta de Yukio.
– Elas são mãe e filha! – diz Kinuyo, num tom baixo, porém incisivo.
– O quê?

– A mulher que não retornou era a mãe de Kazu...

Vê-se pela mudança na expressão facial de Yukio que as palavras mexeram com ele.

É doloroso só de pensar o quão cruel foi a consequência desse ato para uma menina de sete anos, que tanto necessitava do amor materno. Contudo, embora tenha provocado nele compaixão, não afetou sua vontade de não retornar ao presente.

Que relação tem esta conversa com este palito?
Ele chega a analisar friamente a questão.
Kinuyo pega o utensílio no pires e o mostra a Yukio.

– Está vendo? Kazu coloca este palito na xícara de toda pessoa que vai ao encontro de alguém que já morreu. Ele toca antes que o café esfrie.

– Ah...
Yukio empalidece.
Mas, isso significa que...
– Foi por isso que Kazu me mandou cumprimentos.
Kazu estava praticamente revelando para a minha mãe que ela iria morrer.
– O quê? Mas por que ela fez isso? Por que uma total estranha como ela fez isso? Ela não pensou nos seus sentimentos?

Yukio não consegue entender o significado da atitude de Kazu.

Quem ela pensa que é?
No rosto de Yukio é visível o sentimento de raiva.
– O que Kazu fez... – Kinuyo começa a explicar com serenidade, abrindo um sorriso de felicidade até então nunca visto por Yukio. Essa expressão não aparenta sinais de medo ao saber, pela mensagem de Kazu, que morrerá. – Foi me dar uma última tarefa, que somente eu posso executar.

Hã...

Yukio lembra que, sempre que Kinuyo falava sobre as vezes que ele quase morrera quando criança, ela se lamentava entre lágrimas, dizendo: "Não houve nada que eu pudesse fazer." Fosse acidente ou doença, ela jamais esqueceria a sofreguidão por ter estado de mãos atadas. – É hora de você voltar – declara Kinuyo, sorridente.
– Mas eu não quero.
– Faça isso por mim. Eu acredito em você.
– Eu não quero.
Yukio balança negativamente a cabeça com força.
Kinuyo ergue a caderneta e o carimbo recebidos de Yukio até a altura da testa.
– Irei guardá-los. Eles contêm os seus desejos. Vou levá-los para o meu túmulo sem que tenham sido usados – declara, curvando o pescoço numa vênia profunda.

DING-DONG

– Mãe...
Kinuyo ergue a cabeça e encara Yukio, sorrindo com doçura.
– Não há nada mais doloroso para uma mãe do que não poder salvar o filho quando ele declara que deseja morrer.
Os lábios de Yukio começam a tremer.
– Me perdoe...
– Está tudo bem.
– Me perdoe.
– Bem... – diz Kinuyo, empurrando ligeiramente a xícara na direção de Yukio. – Pode agradecer a Kazu por mim?
Yukio quer dizer OK, mas as palavras não saem. Engole em seco e, com as mãos trêmulas, ergue a xícara. Ao levantar a cabeça com a visão embaçada pelas lágrimas, vê que Kinuyo também chora, mas com um grande sorriso estampado.
Meu menino adorado...

Sua voz sai baixa demais para ele escutar, mas é o que os lábios de Kinuyo sussurram, como quem fala com um recém-nascido.

Para os pais, os filhos serão sempre crianças, não importa quanto tempo passe. Ela é apenas uma mãe desejando a felicidade de seu filho, despejando amor sobre ele, sem nada esperar de volta.

Se eu morrer, tudo terá acabado.

Yukio havia refletido. Por já estar morta, ele achou que isso não afetaria Kinuyo. No entanto, está errado. Mesmo tendo morrido, ela continuaria sendo sua mãe. O sentimento não muda, tampouco morre.

Eu decepcionarei a minha falecida mãe...

Yukio bebe todo o café de um só gole. A acidez peculiar do moca se espalha pela boca. De novo sente tudo girar numa vertigem e o corpo se vaporizar.

– Mãe!

Ele não sabe se a sua voz ainda alcança ou não Kinuyo. Porém, a voz dela chega com certeza aos seus ouvidos.

– Obrigada por ter vindo se encontrar comigo...

A paisagem ao redor de Yukio começa a tremeluzir. O tempo volta do passado para o presente.

Se o alarme não tivesse tocado naquele momento... Se eu tivesse esperado até que o café esfriasse... no fim das contas eu teria feito minha mãe infeliz.

Obstinado por se tornar um ceramista, não fora reconhecido durante longo tempo e, ávido por sucesso, acabara enganado e se desesperara, questionando-se do porquê de somente ele ter precisado sofrer tanto. E estava prestes a fazer a mãe experimentar um padecimento ainda maior.

Ok, vou viver... Não importa o que venha pela frente...

Pela minha mãe, que até o fim sempre desejou a minha felicidade.

A consciência de Yukio recua lentamente durante a viagem de volta.

Quando volta a si, apenas Kazu está no salão. Após um tempo, a mulher de vestido retorna do banheiro. Lentamente e sem ruído, aproxima-se de Yukio.

– Sai daí! – resmunga, descontente, encarando-o com seu rosto inexpressivo.

Fungando, Yukio cede o assento à mulher de vestido. Ela se senta calada, empurra abruptamente a xícara usada por Yukio e, como se nada tivesse acontecido, começa a ler seu romance.

O interior do café parece cintilar.

Yukio se sente estranhamente confuso. A iluminação no café já não é intensa. No entanto, tudo parece novo aos olhos dele. A vida da qual ele desistira se transformou em esperança. A perspectiva de mundo se alterou substancialmente.

O mundo não mudou. Quem mudou fui eu...

Enquanto observa a mulher de vestido, pondera sobre a experiência que acabou de vivenciar. Nesse meio-tempo, Kazu retira a xícara de Yukio e traz um novo café para a mulher de vestido.

– Minha mãe... – diz Yukio em direção às costas de Kazu. – Está muito agradecida a você.

– É mesmo?

– Eu também – declara, curvando bastante a cabeça numa reverência profunda.

Kazu segue para a cozinha, levando a xícara usada. Depois que ela sai, Yukio pega com calma seu lenço, enxuga o rosto molhado de lágrimas e assoa o nariz.

– Quanto lhe devo? – pergunta, dirigindo-se a Kazu, que está na cozinha. Ela volta de imediato e, diante da caixa registradora, lê em voz alta a conta.

— O café mais a taxa de hora-extra noturna... São 420 ienes — responde.

Clang clang. Sem mudar a expressão facial, ela aperta as teclas. Como se nada estivesse acontecendo, a mulher de vestido continua concentrada na leitura.

— Por favor, tire daqui — Yukio estende uma nota de mil ienes. — Por que não me explicou sobre o alarme? — pergunta.

Kazu recebe o dinheiro e volta a apertar as teclas da caixa registradora. *Clang clang.*

— Desculpe, acabei me esquecendo. — Abaixa de leve a cabeça com o rosto impenetrável.

Yukio sorri, parecendo feliz.

Crin-crin-crin.

Ouve-se o estrídulo de um grilo de sino, que entra não se sabe por onde.

— A mamãe... — sussurra Yukio, como que induzido pelo som, enquanto recebe de Kazu o troco que ela lhe estende. — Disse também que deseja que você seja feliz — informa e deixa o café.

Ele não ouviu essas palavras de Kinuyo. Porém, pensando na situação de Kazu, pôde facilmente supor que isso era algo que a mãe desejaria transmitir a ela.

DING–DONG

Depois de Yukio partir, de novo no café ficam apenas Kazu e a mulher de vestido. O som da campainha ainda reverbera levemente. Kazu pega um paninho e começa a enxugar o balcão.

Ah, que alegria, como é bom ouvir a sinfonia dos insetos
Varando as longas noites outonais!

Kazu cantarola baixinho. Como que respondendo, o grilo de sino estridula. *Crin-crin-crin.*

A plácida noite de outono avança lenta e calmamente...

OS NAMORADOS

Um homem que veio do passado está sentado *naquela* cadeira.

Ali no café, não apenas é possível voltar ao passado, mas também ir ao futuro.

Comparando-se pessoas que querem viajar no tempo, são raras as que desejam visitar o futuro. Isso porque pode-se voltar ao passado para um momento específico em que a pessoa a ser encontrada esteja no café, mas, no caso do futuro, não é assim que as coisas funcionam. Não há como saber se no futuro essa pessoa estará ou não lá.

Por mais que se tenha combinado um encontro em determinada data, é impossível prever o tipo de impedimento que poderá afastar o viajante do seu intento: o atraso de um trem, um trabalho urgente, uma estrada bloqueada, a chegada de um tufão ou um problema de saúde. Portanto, as chances de se encontrar com a pessoa são ínfimas.

Apesar de tudo isso, esse homem chegou do passado. Ele se chama Katsuki Kurata. Está usando camiseta e bermuda, além de chinelos de dedo.

Por sua vez, o café está decorado com uma enorme árvore de Natal que quase chega ao teto.

Como o espaço é pequeno – bastam nove clientes para lotar o café –, a árvore ocupa um lugar de destaque bem no centro. Não é um pinheiro de verdade, mas foi comprada por Kei, esposa de Nagare, pouco antes de morrer, como prova de carinho para sua amada filha Miki (ela desejava deixar algo que pudesse ser decorado todos os anos).

Hoje são 25 de dezembro, dia de Natal.

– Não está sentindo frio vestido desse jeito? – pergunta Kyoko Kijima, sentada com Miki ao balcão. Embora esteja preocupada, Kyoko segura o riso, pois a roupa de Kurata é bem pouco adequada à estação.

– Quer um agasalho emprestado? – propõe Nagare, colocando a cabeça para fora da cozinha, mas Kurata recusa de imediato com um leve aceno de mão.

– Está tudo bem, não estou sentindo frio, e... poderia me trazer um copo d'água gelada? – pede a Kazu Tokita, aninhada atrás do balcão.

– É pra já – replica ela e, girando sobre si mesma, pega um copo na prateleira, verte água e o coloca diante de Kurata.

– Obrigado – ele agradece, pegando o copo e bebendo toda a água de uma só vez.

– Terminei! – exclama Miki, segurando uma caneta. Sentada ao lado de Kyoko, ela está escrevendo um desejo num *tanzaku*, tira de papel que será pendurada na árvore de Natal.

– O que você pediu desta vez? – pergunta Kyoko, tentando espiar o que Miki escreveu no *tanzaku*.

– "Que o chulé do papai fique cheiroso" – lê a menina, com ênfase.

– Eita – exclama Kyoko, fazendo uma careta divertida.

Toda sorridente, Miki desce do banco alto e corre em direção à árvore de Natal.

Amarra seu *tanzaku* na árvore, algo que geralmente se faz no Festival do Tanabata, que ocorre em 7 de julho. Vários deles, com diferentes pedidos seus, já decoram a árvore. A maioria tem a ver com Nagare. Além do pedido do "chulé", há outros mais relacionados a ele, como "diminuir de altura" e "deixar de ser tão mal-humorado". A cada novo *tanzaku*, Kyoko faz o possível para segurar o riso.

Escrever pedidos nos *tanzaku* e pendurá-los na árvore de Natal não é uma atividade habitual no café. *Por que não escreve pedidos e decora a árvore com eles?*, tinha sido uma ideia de Kyoko, ao ver Miki exercitar a escrita dos caracteres que aprendera.

Kazu, em geral sisuda, e Kurata, o homem vindo do passado, sentado *naquela* cadeira, observam a cena, sorridentes.

– Pare de escrever besteiras! – ordena Nagare num tom perplexo, saindo da cozinha com uma caixa de papelão quadrada de uns vinte centímetros nas mãos. Dentro está o bolo de Natal que preparou a pedido de Kyoko.

Depois de olhar para Nagare, Miki solta uma risada. Vira-se para os *tanzaku* pendurados na árvore e bate palmas antes de orar, como manda a tradição. Não dá para saber se é Natal, Festival do Tanabata ou se ela está fazendo de conta que visita um templo xintoísta.

– Pronto, vamos ao próximo... – anuncia, determinada a continuar escrevendo.

– Lá vem – suspira Nagare, guardando a caixa com o bolo numa sacola de papel. – E isso é para colocar no altar como oferenda a Kinuyo – avisa, acrescentando um café para viagem numa sacola de papel menor.

– Que ótimo... – diz Kyoko.

Kinuyo, mãe de Kyoko falecida no final do verão, adorava o café preparado por Nagare e, mesmo durante o período em que estava hospitalizada, bebia-o todos os dias.

– Obrigada – agradece, com os olhos marejados. Está emocionada com a delicada gentileza de Nagare ao lhe oferecer também o café de que a mãe tanto gostava, sem que tivesse pedido.

O luto é a forma de não esquecer a pessoa falecida. E a grande árvore de Natal deixada por Kei representava não só o seu desejo de ser sempre lembrada, como também era um sinal de que estaria zelando por todos. A forma como Miki a estava usando nao era nada convencional, mas correspondia ao desejo acalentado por Kei.

– Quanto deu mesmo? – pergunta Kyoko, enxugando uma lágrima.

– Deixa eu ver... 2.360 ienes – responde Nagare em voz baixa, com os olhos se semicerrando ainda mais, como se estivesse sem jeito.

Kyoko tira o dinheiro da carteira.

– Toma aqui – diz, entregando-lhe uma nota de cinco mil, e mais 360 em moedas.

Nagare recebe o dinheiro e aperta as barulhentas teclas da registradora.

– A propósito... – começa ele, interrompendo o movimento das mãos. – Seu irmão vai voltar para Tóquio, não vai? Qual é mesmo o nome dele? Yukio? – pergunta.

Yukio é o irmão mais novo de Kyoko. Desejando se tornar ceramista, mudou-se para Kyoto.

– Isso mesmo! Depois de muitos perrengues, arranjou um emprego.

Até quase os 40 anos, Yukio viveu em função apenas da cerâmica e, sem qualificação formal, não foi fácil conseguir uma colocação. Sem alternativa, ele estava disposto a aceitar qualquer tipo de trabalho e, assim, procurou ajuda no serviço público de emprego. Após onze entrevistas sem êxito, foi contratado por uma pequena empresa de venda de talheres e louças ao estilo ocidental.

Voltando para Tóquio, preferiu morar no dormitório para funcionários da firma. Yukio dava os primeiros passos para o início de uma nova vida.

— Parabéns! — congratula Nagare, entregando o troco.

Kazu, que ouve a conversa atrás de Nagare, também abaixa sutilmente a cabeça.

Todavia, a expressão de Kyoko se entristece um pouco e, segurando o troco recebido, dirige o olhar para a cadeira onde está sentado o homem e solta um breve suspiro.

— Eu jamais poderia imaginar que Yukio estava pensando em suicídio... — lamenta Kyoko. — Agradeço de coração — diz, fazendo uma vênia profunda.

— Imagina — replica Kazu.

Vendo a expressão sempre impassível de Kazu, Kyoko não sabe até que ponto conseguiu transmitir seus sentimentos, mas assente, parecendo estar satisfeita.

— Terminei! — exclama uma espevitada Miki ao acabar de escrever mais um desejo no *tanzaku*.

— O que pediu desta vez? — pergunta Kyoko com afabilidade.

— "Que papai seja feliz!" — Miki lê em voz alta, sorridente.

Não é possível saber o quanto ela compreende o significado desse desejo. Talvez ela apenas esteja querendo usar a palavra "feliz" aprendida em algum lugar.

— Quanta bobagem — resmunga Nagare, e rapidamente entra na cozinha. Kazu e Kyoko se entreolham, sorrindo discretamente.

— Ele quer dizer com isso que já é feliz — explica Kyoko a Miki, antes de partir. Por sua vez, Miki sorri, mas talvez não tenha entendido o quão profundos foram os sentimentos que trouxe à tona.

DING-DONG

Radiante, Miki adorna a árvore com um novo *tanzaku*, cantarolando uma canção natalina.

Do fundo da cozinha, ouve-se o som de Nagare assoando o nariz.

– Já conseguiu escrever? – pergunta Miki ao homem sentado na cadeira. Ela então se aproxima e espia o que tem na mesa. Na frente dele estão um *tanzaku* igual ao dela e uma caneta. Miki entregara umas tiras a Kurata para que ele também redigisse um pedido.

– Ah, desculpe, ainda não...

– Pode ser qualquer coisa, viu? – Miki diz a Kurata, que pega às pressas a caneta. Ele olha para o ventilador girando lentamente no teto, como se refletisse um pouco, e logo depois escreve com rapidez um desejo.

– Quer que eu tente contatar a Fumiko mais uma vez? – Nagare pergunta a Kurata, projetando o rosto, com a ponta do nariz vermelho de tanto assoar, para fora da cozinha.

Fumiko é uma cliente que, sete anos antes, voltou ao passado no café e até hoje o frequenta regularmente.

– Ela não é do tipo que marca e não aparece – completa Nagare, suspirando fundo e cruzando os braços. Minutos antes, ligara para o celular de Fumiko, mas ela não atendera.

– Obrigado por ser tão prestativo – diz Kurata, agradecido pelas palavras de Nagare.

– Você está esperando pela Fumiko? – pergunta Miki, que, sem ninguém perceber, foi se sentar de frente para Kurata e agora o encara.

– Ah, bem... na verdade... não é a senhorita Kiyokawa que eu estou esperando.

– Quem é essa senhorita Kiyokawa?

– É o sobrenome de Fumiko... Você sabe o que é sobrenome, não sabe?

– Eu sei o que é sobrenome. O nome que vem por último, né?

– Exatamente! Você sabe tudo, hein. Que menina esperta!

Kurata elogia Miki como se ela tivesse tirado dez em um teste. Parecendo feliz, Miki faz um sinal de paz com os dedos.

– O sobrenome da Fumiko é Takaga, né? Fumiko Takaga, certo? – Miki pergunta a Kazu, que continua atrás do balcão. Kazu ri com vontade. Atrás dela, Nagare logo intervém.

– É Ka-ta-da! Katada! Se você a chamar de Fumiko Takaga ela vai se aborrecer.

Parecendo não notar a diferença entre "Takaga" e "Katada", Miki inclina de leve a cabeça, como que se perguntando que diabos o pai está dizendo.

– Ah... que notícia incrível! – Kurata até se engasga, reconhecendo imediatamente o nome Katada. A simples menção faz com que ele involuntariamente se incline para frente e, de tão eufórico, que perigo!, quase se levante da cadeira. – Então ela finalmente conseguiu se casar! U-huuu!!! Que fantástico!

Kurata sabia que o casamento de Fumiko havia sido postergado porque o noivo, na época, acabara sendo transferido a trabalho para a Alemanha. Mas tomar conhecimento, naquele momento, de que ela finalmente se casara, deixa-o radiante de felicidade, como se fosse ele o felizardo.

O que levara Fumiko a viajar no tempo fora a conversa sobre o término do relacionamento que tivera, na época, com o namorado Goro Katada. Ele partira para realizar o tão acalentado sonho de ir para os Estados Unidos trabalhar na TIP-G, uma empresa americana de games. Fumiko voltara ao passado ciente de que não poderia mudar o presente, mas, ao reencontrar Goro, ele lhe pedira que esperasse três anos, dando a entender que, com isso e após esse prazo, os dois se casariam. Entretanto, três anos depois, ao retornar dos Estados Unidos, fora designado para trabalhar na Alemanha. Ainda assim, continuaram noivos, até que, no ano passado, após várias reviravoltas, as coisas se esclareceram e Fumiko se tornou a senhora Katada.

Em resposta a essa reação de Kurata, o rosto de Nagare está completamente anuviado. Ora, o café não permanecerá quente para sempre.

– Há pouco você disse que não é Fumiko quem você está esperando, certo? – pergunta Nagare, lembrando-se de como a conversa se tornara um tanto confusa porque Miki se enganara com o sobrenome de Fumiko.

– Ah, sim, não é Fumiko.

– Então, quem você está esperando, afinal?

– Uma colega de trabalho chamada Asami Mori – responde Kurata, hesitante. – Pedi à minha colega Kiyokawa, agora sra. Katada, para trazê-la até aqui – explica e olha para a entrada, embora ninguém tenha cruzado a porta.

Kurata viera do passado para se encontrar com Asami, uma colega de trabalho de Fumiko. Kurata e Asami ingressaram juntos na empresa, mas, enquanto ele trabalhava no departamento de vendas, ela havia sido alocada no departamento de desenvolvimento, onde Fumiko trabalhava.

Nagare não faz ideia do que levou Kurata a vir do passado encontrar a colega Asami. E também não tem intenção de perguntar.

– Ah... Espero que cheguem logo – diz em voz baixa.

– Se não vierem, também não tem problema – avisa Kurata, com um leve sorriso.

– O que está querendo dizer? – pergunta Nagare.

– Ficamos noivos e planejávamos nos casar, mas parece que isso não vai mais acontecer – explica ele, consternado.

Teria ele vindo encontrar a ex-noiva por estar preocupado com ela?

Ver o rosto abatido de Kurata é o suficiente para Nagare, de alguma forma, ter uma ideia das circunstâncias.

– Ah, entendi – diz e se cala.

– Mas só de ouvir que Kiyokawa se casou fez valer a pena vir até o futuro. Foi ótimo realmente.

Kurata sorri de felicidade. Ele não está fingindo: de fato, irradia contentamento. Miki, sentada em frente a ele e com a mão apoiando a bochecha, acompanha o diálogo dos dois.

– Por que a Fumiko mudou de nome? – lança a pergunta a Nagare.

– Quando a mulher se casa, ela troca o sobrenome! – responde meio irritado, talvez cansado de ser cravejado diariamente com as perguntas dela.

– É? Eu também? Quando eu me casar vou mudar de nome?

– Se você se casar...

– Ah... E se eu não me casar?

– Não adianta ficar se preocupando com algo ainda tão distante. – Nagare solta um longo suspiro.

– E a mestra também vai mudar de nome?

O olhar de Miki se volta de súbito para Kazu.

Nos últimos tempos, Miki passou a chamar Kazu de "mestra". Ninguém sabe por que, do nada, ela começou a chamá-la assim. Até poucos dias atrás, era "irmã Kazu". Antes disso, "mana", e antes ainda, "Kazuzinha", como se dentro de Miki a classificação de Kazu estivesse, aos poucos, recebendo um *upgrade*.

– Mestra, se você se casar vai mudar de nome também? – insiste Miki.

– Se eu me casar, sim.

Embora seja uma conversa bem casual com a sua *mestra*, a maneira de Kazu tratar Miki não muda. Responde de rosto impassível, sem interromper sua tarefa.

– Tá sacado!

Não dá para saber o que ao certo Miki quer dizer com "Tá sacado", mas, assentindo firmemente com a cabeça, volta ao banco alto do balcão e recomeça a escrever mais desejos nos *tanzaku*.

Trim-trim, trim-trim... Trim-trim, trim-trim...

No cômodo dos fundos, um telefone toca. Kazu faz menção de ir atender, mas Nagare ergue a mão impedindo-a e logo desaparece.

Trim-trim...

Kurata deixa o olhar cair sobre a mesa, observando o *tanzaku* que acabou de escrever.

Apesar de Asami Mori ser dois anos mais jovem que Kurata, embora tenham ingressado ao mesmo tempo na empresa, ela não utilizava um linguajar formal com ele, como era de se esperar. Muito autêntica e sempre sorridente, a moça era bastante estimada dentro e fora da empresa.

Fumiko, que trabalhava no mesmo departamento, era popular pela beleza, mas, quando o assunto era trabalho, tinha fama de "durona" e, por isso, a presença de Asami agia como um bálsamo, aliviando a tensão que antecedia um prazo de entrega.

Kurata e Asami costumavam sair para beber com outros colegas que haviam ingressado na empresa juntamente com eles. Nesses encontros, havia uma tendência para se queixarem do trabalho, mas Kurata nunca falava mal da empresa ou de seus superiores. Ao contrário, tinha uma personalidade positiva, assumindo a liderança nas situações mais complexas.

Asami considerava Kurata uma "pessoa superpositiva", mas, como estava namorando na época em que entrara na empresa, nunca sentira atração em particular por ele.

Os dois se aproximaram mais quando Asami lhe contou sobre o aborto espontâneo que sofrera logo que terminara o namoro. Na ocasião, ela nem sabia que estava grávida, por isso a perda do bebê não teve relação com o choque sofrido pelo fim do relacionamento. Um problema de saúde propiciava que sofresse abortos.

Todavia, independentemente das circunstâncias, quando tomou conhecimento da gravidez, decidiu ter a criança e criá-la na condição de mãe solo. Por esse motivo, seu choque foi imenso quando soube, pelo resultado dos exames, que a causa do aborto tinha sido a sua condição. Ela se considerava culpada pela morte do bebê.

Sabendo que não podia carregar essa culpa sozinha, consultou amigas fora do ambiente de trabalho, os pais e a irmã mais velha, mas, apesar de encontrar neles consolo para a sua tristeza, nenhum deles lhe ofereceu palavras animadoras.

Foi nessa época que Kurata se aproximou dela e perguntou: "Tá com algum problema?"

Asami acreditava que, por ser homem, ele não compreenderia um assunto tão delicado. Contudo, ela precisava desesperadamente desabafar, não importava com quem fosse.

Ao tocar no assunto, as amigas choravam, solidárias, e os pais lhe diziam: "Não foi culpa sua." Logicamente, Asami, por algum motivo, achou que Kurata se compadeceria e lhe ofereceria palavras de consolo. Por isso, abriu com sinceridade o coração.

No entanto, assim que terminou de ouvir, Kurata lhe perguntou quantos dias o bebê permanecera dentro dela. Asami respondeu que haviam sido dez semanas, cerca de setenta dias.

"Você sabe por que essa criança na sua barriga recebeu o dom da vida durante esses setenta dias neste mundo?", indagou ele.

Asami se enfureceu, a ponto de seus lábios tremerem.

"Sei lá por que ela recebeu o dom da vida! Você realmente está me perguntando isso?" Os olhos dela se avermelharam. "Você está insinuando que foi culpa minha ela não ter vingado?", protestou entre soluços.

Asami se culpava por não ter conseguido dar à luz o bebê. Porém, ouvir isso de alguém sem qualquer relação com ela era triste, imperdoável, e a deixou ultrajada.

"Não, acho que você não me entendeu", disse ele com um sorriso de benevolência.

"O que eu não entendi? A criança que eu gestava nada pôde fazer! Nem mesmo nascer! Por minha culpa! Eu só pude dar a essa criança setenta dias de vida! Apenas setenta dias..."

Tendo dito isso, ela se prostrou e, olhando para a criança já inexistente em seu ventre, desculpou-se sem parar, pedindo perdão.

Com uma expressão calma no rosto, Kurata esperou Asami parar de chorar e então afirmou:

"Sabe, essa criança usou esses setenta dias de vida para te fazer feliz!"

Suas palavras eram doces, confiantes e seguras.

"Se você continuar arrasada desse jeito, isso significará que essa criança usou a vida dela de setenta dias para tornar a sua existência infeliz."

Suas palavras não eram de compaixão. Ele oferecia concretamente a Asami uma nova perspectiva de lidar com a dor da perda que a acometia.

"Mas, se daqui em diante você tentar encontrar a felicidade, isso significará que ela usou seus setenta dias de vida para te fazer feliz. Nesse caso, a vida dela teve sentido. Cabe a você criar um sentido para essa criança ter recebido o dom da vida! Por isso, você precisa tentar ser feliz. Era o que essa criança, mais do que qualquer outra pessoa, tanto desejava!"

"Ah...", soltou Asami.

A sensação de culpa que pesava em seu coração num instante desapareceu, e tudo diante de seus olhos parecia brilhar.

Para tentar ser feliz. Ao buscar a felicidade, eu darei sentido à vida dessa criança.

Essa era a resposta certa.

E não conseguiu conter a enxurrada de lágrimas. Olhou para o céu e chorou muito alto. Não eram lágrimas de tristeza. Eram de alegria por ter abandonado o abismo do desespero para obter a maior das felicidades.

Nesse instante, Kurata se tornou para Asami mais do que uma "pessoa superpositiva".

— Senhor Kurata?

Quando dá por si, vê Nagare de pé ao seu lado, segurando um telefone.

— Ah, sim.
— É a Fumiko.
— Ah, obrigado...

Ele pega o aparelho e atende a ligação.

— Kurata falando.

Apesar de ter dito que não haveria problema se não se encontrasse com ela, ficou sério e tenso devido à ligação.

"Hã-hã... sim... Ah, é mesmo?... Realmente... ah, não. De jeito algum... Muito obrigado."

Mesmo não se sabendo o teor da conversa, Kurata não demonstra estar decepcionado. Olha direto para frente, peito estufado, como se Fumiko estivesse diante dele. Uma postura imponente. Nagare o observa, apreensivo.

"Não, você fez muito por mim... Está tudo bem... Sou muito grato...", diz, curvando bastante a cabeça em profunda reverência. "Sim... sim... daqui a pouco, o café está esfriando, portanto... isso..."

Nagare olha de relance para o relógio do meio.

O café tem três relógios antigos de parede. Apenas o do meio marca as horas com exatidão. Dos demais, devido à velocidade dos ponteiros, um está adiantado, o outro atrasado. Por isso, quando um cliente habitual do café deseja confirmar a hora, Nagare e Kazu olham para o relógio do meio.

Pela conversa entre Fumiko e Kurata, Nagare depreende que Asami, a mulher por quem Kurata esperava, não aparecerá no café.

"Sim, sim…"

Kurata envolve a xícara com as mãos para avaliar a temperatura do café.

Me resta pouco tempo…

Kurata inspira fundo e fecha os olhos com lentidão. Kazu observa o gesto, mas nada faz.

"Falando nisso, eu soube que você se casou. Meus parabéns. Foi o pessoal do café que me contou… sim… não, só de ouvir a novidade valeu a pena ter vindo."

Não há falsidade nas palavras de Kurata. Seu rosto irradia uma alegria direcionada a Fumiko, onde quer que ela esteja.

"… Tchau."

Kurata, resignado, encerra a ligação. Nagare se aproxima com calma e recebe de volta o aparelho.

– Agora… eu vou voltar – murmura.

Apesar do semblante sorridente, sua voz está vacilante. É evidente a decepção por ter viajado para o futuro e não ter podido encontrar Asami.

– Alguma coisa que possamos fazer por você antes de voltar? – indaga Nagare, olhando a fisionomia de Kurata.

Nagare sabe bem que não há nada que lhe possa oferecer. Porém, sente-se na obrigação de perguntar algo. Sem razão aparente, aperta as teclas do telefone.

Kurata repara como Nagare está se sentindo.

– Não, está tudo bem, obrigado – responde sorridente.

Nagare ergue lentamente a cabeça e, sem largar o telefone, segue para o cômodo dos fundos.

Como Kurata não pode se levantar da cadeira...

— Poderia pendurar na árvore para mim, por favor? — pede Kurata a Miki, mostrando o *tanzaku* com o seu desejo.

— Sim, senhor — responde Miki.

— Obrigado por tudo — agradece ele, curvando a cabeça na direção de Kazu, que está atrás do balcão, e pega a xícara à sua frente.

Verão, dois anos e meio antes...

Kurata foi diagnosticado com leucemia mieloide aguda, sendo informado que poderia se curar, dependendo do tratamento, ou, se deixasse o barco correr, teria apenas mais seis meses de vida. Era o segundo verão de seu relacionamento com Asami.

Aconteceu justo depois de ter decidido, em segredo, comprar o anel de casamento para pedir a mão da moça. Porém, ele não desistiu. Havendo a possibilidade de cura, não vacilou em dar início ao tratamento. E, convicto, levou seu plano adiante, às escondidas.

Fumiko lhe contara que no café era possível não apenas voltar ao passado, mas também visitar o futuro. No entanto, ele tinha dúvidas se as informações que obtivera dela seriam suficientes quando chegasse a hora de colocar seu plano em prática. Portanto, viera ao café decidido a perguntar pessoalmente se o plano que concebera era viável.

Ele não tinha dúvidas quanto à localização do café, pois o visitara duas vezes na companhia de Fumiko. Como previra a meteorologia, a partir do final da tarde desabou uma chuva torrencial. Mesmo com guarda-chuva, Kurata estava encharcado da cintura para baixo quando entrou no café.

Talvez devido à tempestade, ali estavam apenas a garçonete Kazu e a mulher de vestido. Kurata fez um cumprimento rápido e, mais que depressa, começou a contar seu plano a Kazu.

"Na realidade, eu desejo ir ao futuro. Soube, pela minha colega de trabalho, Fumiko Kiyokawa, que é possível fazer isso sentando-se *naquela* cadeira...", disse, olhando para a mulher de vestido.

Puxou um bloco onde havia anotado o que ouvira de Fumiko sobre as regras do café e começou a confirmá-las.

"Mesmo voltando ao passado, você só pode encontrar pessoas que já estiveram no café. A mesma regra se aplica em relação ao futuro? Só é possível se encontrar com alguém que já visitou o café?"

"Isso mesmo", ratificou Kazu, dando continuidade à sua tarefa, com o rosto inexpressivo, enquanto Kurata checava seu bloco, totalmente sério.

Em seguida, ele confirmou sobre a mulher de vestido se levantar apenas uma vez por dia, para ir ao banheiro, e que, mesmo indo ao futuro, ele não poderia se afastar da cadeira.

"O tempo que o café leva para esfriar é o mesmo para qualquer pessoa? Ou, dependendo das circunstâncias, pode ser mais longo ou mais curto?", indagou.

Era uma pergunta perspicaz. Se o tempo até o café esfriar fosse consistentemente o mesmo, ele poderia confirmar com Fumiko, que havia voltado ao passado, e ter uma boa ideia de quanto tempo disporia. Contudo, se fosse diferente, na pior hipótese, poderia acontecer de ele ter menos tempo do que ela.

Se fosse um retorno ao passado seria possível precisar quando a pessoa que se desejava encontrar visitaria o café, e bastava procurar voltar nesse horário preciso. Mesmo que o tempo fosse mais curto, encontraria a pessoa.

Todavia, as coisas não eram bem assim no caso do futuro. Mesmo combinando antecipadamente, imprevistos poderiam impedir a vinda da pessoa no horário. Havia a possibilidade de não ocorrer o encontro por uma questão de apenas alguns segundos de atraso.

Portanto, essa variação de tempo era um ponto importante. Kurata respirou fundo, aguardando a resposta de Kazu.

"Não sei", respondeu ela com frieza.

"Entendi", limitou-se a retorquir, sem mostrar sinais de decepção, como se já esperasse pela resposta. E fez a última pergunta: "Por mais que se esforce, você não pode mudar o presente. Pode-se entender que essa regra também se aplica a eventos futuros?"

Apenas nessa hora Kazu interrompeu momentaneamente sua tarefa e refletiu por um tempo.

"Creio que sim", disse.

Kazu devia ter captado a intenção de Kurata com a pergunta, pois sua resposta foi inusitadamente vaga. Na realidade, pela primeira vez alguém lhe perguntava algo semelhante.

Kurata vinha se indagando se essa regra de *Por mais que se esforce, você não pode mudar o presente* também se aplicaria ao futuro.

Se fosse ao futuro e não encontrasse Asami, por mais que ele se esforçasse não poderia mudar esse futuro. Por outro lado, se ele pudesse se encontrar com ela no futuro, não importava o que acontecesse doravante, ainda assim o encontro ocorreria.

Essa era a regra que Kurata mais desejava confirmar.

Seria temerário demais se transportar ao futuro fiando-se num encontro por mero acaso. Se Asami fosse uma cliente regular do café, seria possível contar com a sorte. Porém, ela não era. Kurata planejaria minuciosamente a ida de Asami ao café, justamente quando ele estivesse ali no futuro.

Se fosse possível mudar o futuro, a princípio ele iria logo agora até lá e, mesmo não a encontrando, depois de retornar ele se esforçaria para poder encontrá-la da próxima vez.

Mas as coisas não eram tão simples assim.

Não se podia mudar a realidade futura do tempo para o qual a pessoa viajava.

Não se tratava de uma regra nova. Kurata, que pretendia ir ao futuro, percebeu que se tratava apenas de uma extensão da regra de *Por mais que se esforce, você não pode mudar o presente*.

Ficou pensativo por um tempo.

"Hum, entendi. Obrigado", agradeceu, abaixando a cabeça.

"Você deseja ir hoje ao futuro?", perguntou Kazu.

"Não, hoje não", respondeu, e partiu com os sapatos molhados soltando rangidos aquosos.

Kurata elegeu Fumiko como sua colaboradora para o encontro no futuro com Asami.

Fumiko ia com frequência ao café e era muito amiga de Asami. Além disso, levando em conta sua maneira de trabalhar como engenheira de sistemas, ele estava convicto de que não havia ninguém mais apropriado do que ela.

Kurata telefonou para ela, pretextando discutir um determinado assunto.

"É provável que eu só tenha mais seis meses de vida", anunciou de chofre.

Fumiko ficou chocada. Kurata lhe mostrou o resultado dos exames e explicou o parecer médico. Sua internação estava marcada para dali a uma semana. Fumiko não sabia o que dizer, mas o jeito sério de Kurata fez com que ela decidisse ajudá-lo.

"O que você quer que eu faça?", perguntou.

"Algo que eu só posso pedir a você", começou ele. "Irei àquele café para viajar dois anos e meio no futuro. Se eu tiver morrido, você poderia levar a Asami até lá?"

Fumiko se mostrou perplexa ao ouvir Kurata dizer: *Se eu tiver morrido...*

"Entretanto, há duas situações em que não precisará levar Asami."

"O que significa esse 'não precisará levar'?"

Fumiko estava visivelmente confusa. Apesar de ter dito que desejava que ela levasse Asami ao café dali a dois anos e meio, havia situações em que não deveria levá-la? Ela não fazia ideia de qual era a intenção de Kurata.

Kurata explicou com serenidade as situações.

"Em primeiro lugar, você não precisará levá-la se eu ainda estiver vivo."

Fazia todo o sentido. Afinal, isso era o mais desejável. No entanto, ela ficou atônita com a segunda situação.

"Por favor, não a leve ao café se, depois da minha morte, ela estiver casada e feliz."

"O quê? Isso não tem lógica..."

"Se eu não me encontrar com Asami quando for ao futuro, vou ficar sabendo que ela está casada e feliz, e então retornarei. Porém, se não for esse o caso, desejo que você transmita algo a ela... é por isso que..."

Apesar de, na pior das hipóteses, lhe terem dado apenas seis meses de vida, tudo que Kurata mais desejava era a felicidade de Asami.

"Pessoas como você...", disse Fumiko ao perceber o plano de Kurata, e começou a chorar.

Por fim, Kurata deixou nas mãos de Fumiko a decisão de pedir ou não a Asami para ir ao café.

"Espero não precisar te incomodar com o meu pedido, mas se a situação se mostrar necessária, peço a sua ajuda", concluiu, fazendo uma profunda reverência.

Asami, porém, não apareceu. Kurata solta um leve suspiro e aproxima dos lábios a xícara que está segurando. Nesse exato momento...

DING–DONG

O som da campainha reverbera e, logo em seguida, Asami Mori entra apressada, vestindo um sobretudo de lã azul-marinho.

A temperatura deve ter caído lá fora, pois há cristais de gelo em seus ombros e cabeça. O reencontro mostra estações do ano discrepantes: Kurata, por ter vindo do passado em pleno verão, veste uma camiseta, e Asami, encasacada, sinaliza que o Natal será debaixo de muita neve.

Por um momento, os dois se entreolham calados.

– Olá... – diz ele, sem jeito.

Asami, ainda tentando recuperar o fôlego, olha assustada para Kurata.

– Fumiko me contou tudo! O que passou pela sua cabeça? Fazer eu vir me encontrar com um morto? Procure se colocar no meu lugar, pensou no que eu iria sentir, um minuto que fosse? – dispara ela como uma metralhadora.

Encarando Asami, Kurata começa a coçar a testa com o dedo indicador.

– Me perdoe – balbucia.

Ele continua encarando Asami, como se a analisasse.

– O que foi? – pergunta ela com desconfiança.

– Nada não... – responde Kurata. – É que eu preciso voltar – embaraçado, diz baixinho.

No instante em que Kurata leva a xícara à boca, Asami se aproxima bem dele e estende a mão esquerda. No dedo anular brilha um anel.

– Veja, eu sou uma mulher casada – declara com todas as letras, olhando diretamente nos olhos de Kurata, em tom confiante e firme.

– Hã-hã. – Os olhos de Kurata se avermelham.

Asami desvia o rosto, suspirando.

– Kurata, você morreu há dois anos! O que deu na sua cabeça para envolver até a Fumiko nessa história? Sua preocupação era tanta assim?

– Você tem razão. Eu me afligi demais, sem necessidade... – admite, tentando camuflar sua alegria por trás de um sorriso agridoce.

Ele não sabe ao certo o que Asami estava pensando ao aparecer ali daquela forma, mas o simples fato de ouvir que se casou deixa-o satisfeito.

– Preciso ir agora.

Após seu retorno ao passado, ele teria mais seis meses de vida. Ter vindo ao futuro não mudaria o fato de que iria morrer. Asami deixara bem claro: "...Você morreu há dois anos!" Todavia, o rosto de Kurata não se assombrou. Límpido, ele exibe um sorriso repleto de felicidade.

Incapaz de saber o que ele está pensando, Asami continua de braços cruzados.

– Então...

Kurata bebe todo o café de uma tacada só. Nesse instante, sente-se zonzo e a paisagem ao seu redor começa a tremeluzir. Ele retorna a xícara ao pires, e suas mãos, aos poucos, se convertem em vapor. Quando seu corpo flutua levemente no espaço, Asami grita "Kurata!". A consciência dele começa a se esvanecer e a paisagem ao redor a fluir.

– Obrigado por ter vin...

Suas palavras são cortadas abruptamente e ele desaparece como se tivesse sido sugado através do teto.

Quando menos se espera, a mulher de vestido aparece como uma miragem na cadeira onde Kurata esteve sentado.

Asami continua de pé observando o espaço por onde Kurata desapareceu.

DING–DONG

Pode-se ouvir o leve som da campainha vindo da porta de entrada do café.

Quem entra é Fumiko, vestindo um sobretudo e botas forradas com pele de carneiro, traje típico de inverno.

Fumiko havia deixado a porta levemente entreaberta e ouvira toda a conversa entre os dois, apenas aguardando que terminasse.

Ela se aproxima devagar.

– Asami... – diz Fumiko.

Havia duas situações em que Asami não deveria ser levada ao café por Fumiko:

1. Se Kurata não tivesse morrido.
2. Se, após Kurata ter morrido, Asami tivesse se casado e estivesse feliz.

No entanto, após a morte de Kurata, Fumiko se torturara até a véspera do encontro sobre o melhor momento de contar tudo a Asami.

Por favor, não a leve ao café se, depois da minha morte, ela estiver casada e feliz, e Fumiko interpretou assim: *Se Asami ainda estiver tão apegada a Kurata a ponto de não conseguir se casar, então ele quer que ela vá ao café.*

Contudo, ela queria evitar esse encontro, não só pelo fato de a amiga não ter se casado, como também porque ela estava se esforçando para esquecê-lo.

Seria um encontro com alguém que morrera. Não era algo trivial. Se ela não agisse com cautela, atrapalharia bastante a vida de Asami. Fumiko estava muito preocupada. Dois anos acabaram se passando sem que ela encontrasse uma solução ou pudesse entender os sentimentos da amiga.

Asami, por sua vez, manteve por seis meses o luto, retomando depois disso sua rotina de sempre. Segundo Fumiko pôde constatar, ela tentava não deixar que a morte do namorado emperrasse sua vida.

Justamente por isso, a decisão sobre levar ou não Asami ao café no dia combinado se mostrava complexa. Asami não havia se casado, mas não é apenas um casamento que define a felicidade de alguém. Entretanto, após a morte de Kurata, Fumiko nunca ouvira nada a respeito de algum caso amoroso da amiga.

Quando percebeu, faltava apenas uma semana para a data combinada do encontro.

Depois de muita aflição, decidiu pedir a opinião de Goro, seu marido. Ele era, assim como ela, engenheiro de sistemas, top do mercado, inclusive bem melhor que Fumiko, mas não tinha o menor interesse por questões do coração. Entretanto, como haviam combinado de se consultar mutuamente sobre quaisquer preocupações que envolvessem um deles, desesperada, decidiu lhe pedir um conselho.

"Creio que ele nunca imaginou que você fosse se agoniar desse jeito!", afirmou Goro, com expressão séria.

Fumiko inclinou a cabeça. Não sabia a que ele se referia exatamente.

"Ele confiava em você do fundo do coração."

"Mas não sei o que fazer…"

"Não, não. Ele não confiava em você como mulher."

"Hã? O que você está dizendo?"

"Ele confiava em você como engenheira de sistemas."

Ouvindo isso, Fumiko instintivamente soltou um "Quê?"

"Analise o que ele disse. As duas situações em que ele pediu a você para não levar Asami ao café foram: primeiro, que ele não tivesse morrido e, segundo, que depois de sua morte ela estivesse casada e feliz, certo?"

"Isso mesmo."

"Se você as interpretar como um simples programa que avalia se essas situações se aplicam, você poderá descartar quaisquer outras como não sendo consideradas no programa..."

"Se as duas situações não se aplicam, então é possível avançar."

"Exato. Por exemplo, ela pode estar feliz, mas não estar casada. Isso não se enquadra nas situações apresentadas por ele para não a levar ao café."

"Realmente..."

"Conhecendo Asami melhor do que você, acredito que Kurata criou essas situações absolutas como parte de um processo visando ajudá-la a superar um trauma."

Ouvindo isso, Fumiko lembrou-se: o aborto espontâneo que Asami sofrera. Ela escutara Asami dizer: 'Eu me apavoro só de pensar na possibilidade de abortar de novo.'

"Por outro lado, existe também a hipótese de ela ter se casado, mas não estar feliz. Também nesse caso a situação não se enquadraria..."

"Entendi! Obrigada!"

Após agradecer, Fumiko saiu às pressas para se encontrar com Asami.

Quando percebeu o que deveria ser feito, Fumiko pôs mãos à obra.

A data combinada era 25 de dezembro, Natal. Às sete da noite. Faltava uma semana, então.

Mantendo logicamente em segredo a conversa com Goro sobre as situações, quando Fumiko informou que naquele horário Kurata voltaria do passado, a voz de Asami pareceu se esvair.

"Estou entendendo", sussurrou timidamente. Porém, sua expressão era visivelmente entristecida.

Quando chegou o dia, Asami se ausentou do trabalho sem avisar. Não atendeu telefonemas. Os colegas da empresa comentaram jocosamente que ela deveria estar priorizando o Natal. Apenas Fumiko estava ciente das circunstâncias. "Vamos trabalhar, pessoal", ordenou à equipe em tom crítico.

A própria Asami deveria estar angustiada, sem saber se deveria ou não comparecer ao encontro com Kurata.

Fumiko lhe enviou uma mensagem sucinta:

Estarei à sua espera hoje, às 19h, em frente ao café.

Naquela noite...

Em volta da estação havia um burburinho de pessoas numa agitação danada apreciando as inúmeras árvores de Natal, com suas decorações de luzes brilhantes e canções natalinas por toda parte.

Todavia, o café se localizava numa ruazinha lateral – quase um beco – entre alguns prédios, a cerca de uns dez minutos a pé da estação. A única mudança visível era uma pequena guirlanda colocada na placa com o nome do estabelecimento. Apenas um poste fornecia iluminação, tornando o local sombrio e, em comparação com o frenesi em frente à estação, imprimia a ele uma atmosfera melancólica.

Fumiko estava parada junto à entrada, na calçada.

Sempre foi assim... tão sombrio?, perguntou-se, vendo diante dela a névoa esbranquiçada formada pela própria respiração.

A neve que começara a cair a partir da tardinha esvoaçava pela ruazinha. Uma fina camada se amontoava também na sombrinha aberta de Fumiko.

Ela puxou a manga do casaco sobre a luva para verificar as horas. Passava um pouco do horário combinado com Kurata.

E nada de Asami.

Talvez o trem tivesse atrasado devido à nevasca. E as estradas estivessem engarrafadas por causa do acúmulo de neve.

Em outra circunstância, Fumiko estaria alegre por ter um romântico Natal branco, mas naquele dia franziu o cenho achando a neve um transtorno.

"Asami... onde você está?", não para de pensar em voz alta.

Telefonou para ela pela terceira vez, mas a amiga não atendia.

Eles não vão se encontrar. Talvez Asami tenha decidido não vir.

Estava irritada, mas nada poderia fazer se fora essa a escolha dela.

Eu deveria ter sido mais persuasiva para convencê-la a vir.

Sentiu um misto de culpa e arrependimento.

O que direi a Kurata?

Embora Fumiko estivesse em frente ao café, ela não conseguia entrar. Decidiu, então, ligar para Kurata e deixá-lo a par da situação.

"Alô, Kurata?... Aqui é Fumiko. Olha... sobre Asami... aconteceram várias coisas... eu disse a ela que você viria hoje... uma semana atrás! Isso. Desculpe... Levei muito tempo ponderando. Ela disse 'Entendi'... Sim, sim, sim. Mas ela está bem! Ficou abatida durante uns seis meses, mas parece ter deixado o luto para trás... sim, sim. Lamento muito. Eu sei, deveria ter trazido ela à força. Estou arrependida. Sim... Hã? Ah, sim, obrigada. Desculpe, então..."

Mesmo após desligar, Fumiko continuou ali, remoendo a sensação de arrependimento. A neve caía sem parar, tornando-se mais e mais intensa e congelante.

Vou embora.

Justo quando ela deu o primeiro passo, ouviu uma voz feminina.

"Fumiko!"

Virando-se, deu de cara com Asami ali parada e resfolegando.

"Asami!"

"Fumiko, Kurata ainda está aí?"

"Não sei, mas…"

Fumiko olhou para o relógio. Ela havia chegado pontualmente às sete, e já eram sete e oito. Mesmo que, por sorte, o café não tivesse esfriado, era possível que Kurata já tivesse tomado todo ele depois do telefonema de Fumiko.

"Vamos!", disse, empurrando Asami pelas costas para descerem correndo a escada.

Em frente à entrada no subsolo, Asami se virou para Fumiko.

"Pode me emprestar o seu anel de noivado?", pediu. O anel recebido no ano anterior era muito especial para Fumiko.

Deixo para perguntar o motivo depois.

Sem pestanejar, tirou o anel e o entregou a Asami.

"Vá, depressa!"

"Obrigada!", Asami agradeceu levemente com a cabeça e, fazendo soar a campainha da porta, entrou no café.

Asami suspira, olhando para o espaço onde Kurata desapareceu.

– Eu tentei seguir em frente, mas não consegui esquecer Kurata… E acho que nunca conseguirei me casar com outra pessoa… – afirma, tremendo um pouco.

– Entendo… – Fumiko limita-se a dizer, olhando para Asami.

Talvez eu estivesse me sentindo exatamente como ela, pensa, imaginando-se no lugar da amiga.

Com o coração apertado, não encontra mais palavras para consolar Asami.

– Eu me lembro bem do que ele me disse quando sofri o aborto... – E relata com voz trêmula e entrecortada as palavras de Kurata:

Sabe, essa criança usou esses setenta dias de vida para te fazer feliz! Se você continuar arrasada desse jeito, isso significará que essa criança usou a vida dela de setenta dias para tornar a sua existência infeliz. Mas, se daqui em diante você tentar encontrar a felicidade, isso significará que ela usou seus setenta dias de vida para te fazer feliz. Nesse caso, a vida dela teve sentido. Cabe a você criar um sentido para essa criança ter recebido o dom da vida! Por isso, você precisa tentar ser feliz. Era o que essa criança, mais do que qualquer outra pessoa, tanto desejava!

E conclui:

– Por isso, pensei bem. Talvez eu ainda não possa me casar, mas preciso ser feliz. Pelo menos preciso tentar.

– Asami...

– Porque a minha felicidade se tornará a felicidade dele...

Dizendo isso, Asami tira o anel e o devolve a Fumiko. Para que Kurata pensasse que ela estava casada e feliz, precisou mentir para ele tomando emprestado o anel da amiga.

– *"Desejo que Asami seja feliz para sempre"* – lê Miki em voz alta o *tanzaku* deixado por Kurata na árvore de Natal.

Asami ignorava sob quais circunstâncias o *tanzaku* havia sido escrito, mas obviamente identifica as palavras como sendo dele. Nesse instante, lágrimas densas escorrem pela suas faces, e ela se prostra de joelhos.

– Você está bem? – quer saber Miki, assustada, examinando o rosto de Asami.

Fumiko põe o braço ao redor dos ombros de Asami e Kazu interrompe seu trabalho para observar a mulher de vestido.

Nesse dia, Nagare fecha o café mais cedo.

Ao chegar em casa, Fumiko conta para Goro o que aconteceu no café.

— Provavelmente Kurata sabia que ela estava mentindo — sugere Goro ao terminar de ouvir o relato, tirando da embalagem um bolo que havia comprado.

— Você acha? Por quê? — pergunta Fumiko, franzindo o cenho.

— Asami disse a ele que você havia contado tudo a ela, correto?

— Sim, mas o que isso tem a ver?

— Se ela estivesse realmente casada e feliz, você não precisaria ter dito nada a ela, não é mesmo? Afinal, essa era uma das situações para não levá-la ao café.

— Ah...

— Entendeu?

— E agora? Eu contei tudo a ela... Foi minha culpa...

Vendo Fumiko com o rosto pálido e abatido, Goro solta uma risadinha.

— Que foi? Por que está rindo? — pergunta Fumiko, com o semblante visivelmente indignado.

Às pressas, Goro pede desculpas várias vezes.

— Não se preocupe. Mesmo sabendo ser uma mentira, ele retornou ao passado sem dizer nada, pois estava certo de que ela será feliz e quem sabe se casará... — afirma Goro e, aproveitando a confusão do momento, entrega a Fumiko seu presente de Natal. — Você teve a mesma experiência, não teve?

— Eu?

— Em relação à infelicidade dela agora, no presente. Quando ele foi ao café nada poderia fazer para mudar essa realidade.

– Mas, e o futuro?
– Isso mesmo. Ele percebeu que a mentira de Asami havia mudado a maneira dela de sentir.
– Quer dizer, ela decidiu ser feliz naquele instante?
– Sim. Por isso, ele nada disse e voltou ao passado.
– Entendi...
– Portanto, você pode ficar descansada – Goro a acalma, espetando o garfo numa fatia do bolo.
– Melhor assim então... – diz Fumiko, aliviada, e come também uma fatia do bolo.

A noite de Natal transcorre silenciosa.

Depois de fechar...
Com as lâmpadas apagadas, apenas as luzes pisca-pisca decorando a árvore de Natal brilham no salão do café.
Tendo terminado o trabalho de fechamento do caixa, Kazu troca de roupa e se posta diante da mulher de vestido. Não há uma razão aparente. Apenas deseja estar ali.

DING–DONG

– Ainda por aqui? – pergunta Nagare, carregando nas costas Miki, que dormiu de cansaço de tanto brincar na neve.
– ... Sim.
– Estava pensando no Kurata?
Kazu não responde e apenas olha para Miki, que cochila tranquilamente nas costas do pai.
Ele não pergunta mais nada. Simplesmente passa por Kazu e, antes de deixar o salão...

– Kaname deve sentir o mesmo, acho eu... – sussurra, como que falando para si, e desaparece no cômodo dos fundos.

A única fonte de luz vem da enorme árvore de Natal, que faz brilhar as costas de Kazu, enquanto ela permanece de pé no salão mais uma vez envolto no silêncio.

No dia em que Kaname decidira se encontrar com o marido morto, fora Kazu, na época com sete anos, quem lhe servira o café.

Quando Nagare, que estivera presente naquele dia fatídico, fora indagado por um conhecido de Kaname sobre o que havia acontecido, ele, com calma, explicara o seguinte:

"Quando ela ouviu mencionar que o café estava esfriando, provavelmente imaginou que 'frio' seria como a temperatura da água da torneira. Porém, há pessoas que consideram que um café está frio quando ele fica numa temperatura inferior à da pele. Por isso, em relação a essa regra, ninguém sabe exatamente o que significa 'quando o café esfria'. Kaname deve ter pensado que o café ainda não havia esfriado."

Entretanto, ninguém sabia ao certo o que realmente ocorrera.

"Você não tem culpa alguma, Kazu" era o que todos diziam à menina.

Mas, no seu íntimo, ela pensava:

Fui eu quem serviu o café para a mamãe...

E nunca conseguira apagar esse fato de seu coração.

Com o passar dos dias, começara a acreditar...

Fui eu quem matou a mamãe...

O sorriso desaparecera de seu rosto inocente e Kazu passara a vagar dia e noite que nem uma sonâmbula. Perdendo a capacidade de concentração, parava no meio da rua, arriscando ser atropelada, e numa ocasião fora vista mergulhando, em pleno inverno, nas águas gélidas de um rio. Entretanto, nunca desejara conscientemente morrer. Suas ações eram inconscientes. Kazu continuava se culpando no seu subconsciente.

Certo dia, decorridos três anos, ela estava de pé diante da cancela da linha ferroviária. Sua expressão não era a de uma menina que estivesse decidida a se suicidar. Ela observava, imperturbável, o alarme soando estridente.

O sol poente cobria a cidade num tom alaranjado. Atrás dela, aguardando a cancela abrir, havia uma mãe com a filha, voltando das compras, e um grupo de estudantes a caminho de casa.

"Mãe, desculpe", ouvira a voz da criança, numa conversa descontraída entre mãe e filha.

Por um tempo, ela ficara observando as duas.

Então, sussurrando "Mãe...", começara a caminhar na direção da cancela, como que atraída por ela.

Naquele exato momento, ouvira alguém dizer: "Você poderia me levar junto?"

Uma mulher havia se colocado ao seu lado em silêncio. Era Kinuyo, a professora de pintura das redondezas. Por coincidência, no dia em que Kaname voltara ao passado, ela também estivera no café. Lamentara profundamente ver o sorriso se apagar do rosto de Kazu e, desde aquele dia, sempre ficara ao lado dela, protegendo-a.

Contudo, até hoje, não importava o que houvesse dito, nenhuma de suas palavras conseguira consolar o coração de Kazu. "Você poderia me levar junto?" haviam sido as palavras que usara pensando em aliviar um pouco o sofrimento daquela menina.

A pequena Kazu sofria por acreditar que a mãe havia morrido por culpa dela.

Kinuyo imaginara que, mesmo não podendo salvar Kazu daquele sofrimento, pelo menos poderiam ir juntas até onde se encontrava Kaname, para lhe fazerem uma reverência e lhe pedirem desculpas.

Porém, Kazu reagira de um modo até então nunca visto ao ouvir a proposta. Lágrimas brotaram pela primeira vez desde a morte da mãe e ela caíra em prantos.

Kinuyo desconhecia o que teria tocado o coração da menina. Contudo, entendera que Kazu havia sofrido sozinha até aquele momento, mas que não desejava morrer.

Diante do trem que passava com estrépito, Kinuyo abraçara e acariciara a cabeça de Kazu até ela parar de chorar.

O tempo foi passando, e as duas foram envolvidas pela escuridão da noite.

Depois desse dia, Kazu voltara a servir café aos clientes que diziam querer retornar ao passado.

Dong, dong.
Dos três relógios no interior do café, o do meio toca para anunciar que são duas da madrugada.

O ventilador do teto continua a girar lento e silencioso. Kaname lê serenamente o romance que lhe foi entregue por Kazu.

Kazu está completamente imóvel, assemelhando-se a uma natureza morta incorporada à pintura do salão.

Apenas uma lágrima escorre pela sua bochecha...

O CASAL

Depois de superar os rigores do inverno, as pessoas normalmente se sentem felizes com a chegada da primavera.

A estação, porém, não surge num momento específico. Inexiste uma linha nítida separando, até ontem, o inverno e, a partir de hoje, a primavera.

A primavera está escondida dentro do inverno. Nós a percebemos surgir em nossos olhos, pele e demais sentidos. Nós a descobrimos nas flores em botão, na brisa agradável, no calor do sol...

A primavera existe juntamente com o inverno.

– Ainda pensando na Kaname?

Sentado no banco alto do balcão, Nagare Tokita pergunta como se estivesse falando consigo mesmo, enquanto dobra habilmente guardanapos de papel no formato de grous.

A pergunta foi dirigida a Kazu Tokita, que limpa uma mesa atrás dele. Entretanto, ela segue executando sua tarefa, calada, e troca a posição do porta-copos sobre o qual se encontra o açucareiro.

Nagare coloca o seu sétimo grou no balcão.

— Penso que você deveria ter o bebê — afirma, direcionando seus olhos estreitos e amendoados para Kazu, que continua a trabalhar. — Kaname certamente...

DING—DONG

A campainha soa, interrompendo Nagare, mas nem ele nem Kazu dizem "Olá, seja bem-vindo".

Depois que um cliente passa pela pesada porta na qual foi instalada a campainha, ele percorre um corredor que lembra o vestíbulo com chão de barro das ancestrais residências, não sendo possível saber de imediato quem acabou de entrar.

Calado, Nagare olha para a entrada.

Quem surge com ar acanhado é Kiyoshi Manda.

Kiyoshi é um velho detetive recém-aposentado. Veste um sobretudo e um surrado boné de caça, que lembra um personagem saído de alguma série policial de TV da década de 70. Ele não tem o jeito intimidador e rude que se espera de um investigador de polícia. É mais ou menos da altura de Kazu e está sempre sorridente. Não difere de um amável senhorzinho de meia-idade, desses que vemos por aí.

Os ponteiros do relógio do meio indicam dez para as oito. O café fecha às oito.

— Tudo bem? — pergunta Kiyoshi, como que se desculpando por chegar em cima da hora do encerramento.

— Sim, entre — responde Kazu como de costume, e Nagare apenas abaixa um pouco a cabeça.

Quando vinha ao Funiculì Funiculà, Kiyoshi sempre se sentava à mesa mais próxima da entrada e pedia um café, mas hoje fica parado, está claramente inseguro.

— Sente-se, por favor — Kazu convida-o com um gesto de mão e lhe serve um copo d'água.

Kiyoshi ergue seu surrado boné de caça em agradecimento.

— Obrigado — diz e ocupa um dos três bancos altos ao balcão, deixando um assento vago entre ele e Nagare.

Nagare junta com todo o cuidado os grous de papel e pergunta:

— O café de sempre? — E vai para a cozinha.

— Ah, na verdade, não. Hoje...

Nagare para. Kiyoshi está encarando a mulher de vestido. Ao constatar para onde se dirige o olhar do cliente, os olhos de Nagare se semicerram ainda mais.

— Como não?

— Na realidade... — começa Kiyoshi, tirando de sua capanga um pacotinho do tamanho de um estojo de caneta, embrulhado em papel de presente — eu vim dar isso à minha esposa.

— Por acaso... — pergunta Kazu, reconhecendo a caixa na mão de Kiyoshi.

— Sim. É o colar que você me ajudou a escolher — responde ele, coçando a cabeça por sobre o boné, com ar acanhado.

Próximo do outono do ano passado, Kiyoshi havia consultado Kazu sobre um bom presente de aniversário para a esposa. Ela lhe sugerira um colar, porém, incapaz de decidir sozinho, ele pedira que fossem juntos comprar.

— Eu havia prometido dar o presente a ela aqui no café, mas nesse dia fui chamado para uma emergência e não pude entregar...

Ouvindo isso, Nagare olha para Kazu.

— Então, você está dizendo que deseja voltar ao dia do aniversário da sua esposa? — pergunta ele.

— Isso.

Nagare contrai os lábios e fica calado. Alguns segundos se passam sem que ninguém diga nada. Para Kiyoshi pareceu uma eternidade.

— Não precisam se preocupar... Eu conheço bem as regras — apressa-se a acrescentar.

Contudo, Nagare continua calado e de cenho franzido.
Kiyoshi acha estranha essa atitude.

– O que houve? – pergunta, apreensivo.

– Não quero ser grosseiro, mas não entendo o motivo de querer voltar ao passado só para entregar um presente a sua esposa – diz em tom suave e apologético.

Kiyoshi concorda, como se tivesse compreendido a razão do estranho silêncio de Nagare.

– Ha, ha, ha. Claro... entendo – atesta, coçando a cabeça.

– Me perdoe – Nagare apressa-se a se desculpar e abaixa a cabeça.

– Não, não, está tudo bem... A culpa foi minha por não explicar direitinho... – diz Kiyoshi e, pegando o copo trazido por Kazu, toma um pequeno gole da água.

– Explicar? – estranha Nagare.

– Sim, explicar – confirma Kiyoshi. – Há exatamente um ano, eu soube que é possível viajar ao passado aqui no café – prossegue.

A *explicação* de Kiyoshi retrocede ao dia em que visitou o café pela primeira vez.

DING-DONG

Ao entrar no café, Kiyoshi viu um homem de rosto vermelho de tanto chorar, sentado a uma mesa mais ao fundo, na companhia de uma idosa de aparência debilitada. Em um dos três bancos do balcão havia um menino com idade de aluno do primário e um homem corpulento de quase dois metros, com jeito de funcionário.

O grandalhão não o cumprimentou, concentrando o olhar no casal da mesa ao fundo. Apenas o garoto encarou Kiyoshi, enquanto bebia seu suco de laranja.

Não ser notado ao entrar aqui no café não é algo tão importante a ponto de deixar alguém irritado. Daqui a pouco, vão notar a minha presença...

Cumprimentou, então, o menino com um gesto de cabeça e sentou-se à mesa mais próxima da entrada.

Foi aí que, de repente, o homem choroso ficou envolto numa nuvem de vapor e, dessa forma, desapareceu, aspirado em direção ao teto.

O quê?

Kiyoshi arregalou os olhos, como se presenciasse um truque de mágica.

O que foi isso que acabou de acontecer?

Enquanto ele olhava espantadíssimo, a idosa se virou para a mulher de vestido branco e sussurrou algo. Pelo que ele conseguiu captar, ela disse: "Bem, se houvesse ao menos algo que eu pudesse fazer para deixar Kazu feliz..."

Essa idosa era Kinuyo Mita. E o homem que desaparecera no ar, seu filho, Yukio.

Graças ao tal evento, Kiyoshi teve certeza de que ali era o café onde se podia viajar no tempo.

Quando, mais tarde, ouviu de Kazu e Nagare as irritantes regras para se voltar ao passado, espantou-se que, mesmo ciente delas, ainda houvesse alguém interessado na empreitada.

Se não é possível mudar o presente por mais que se tente enquanto se está no passado, então pra que esse trabalho todo?

Kiyoshi passou a se interessar pelas pessoas que, mesmo sabedoras das regras, decidiam fazer a viagem.

— Sei que não foi adequado de minha parte, mas decidi investigar as pessoas que tinham voltado ao passado neste café.

Kiyoshi curva a cabeça para Nagare, ainda parado na entrada da cozinha, e para Kazu, que continua atrás do balcão.

– E de acordo com a minha pesquisa... – Pega um bloco de notas antes de continuar a explicação. – Nos últimos trinta anos, quarenta e uma pessoas se sentaram *naquela* cadeira e viajaram ao passado. Cada uma delas tinha diferentes motivações: encontrar o namorado, o marido, a filha, entre outras. Destas quarenta e uma, quatro foram ao passado se encontrar com alguém que já havia morrido. Duas no ano passado, uma há sete anos e, vinte e dois anos atrás, sua mãe... quatro pessoas.

Ao ouvir a explanação de Kiyoshi, o rosto de Nagare empalidece.

– Onde você obteve tanta informação? – pergunta.

Em contraponto à agitação de Nagare, Kazu olha para o vazio com o semblante inexpressivo.

– A senhora Kinuyo me revelou antes de morrer – explica Kiyoshi após inspirar fundo, e olha para Kazu.

Ouvindo aquelas palavras, ela baixa os olhos.

– A última coisa que me disse foi que considerava você uma filha.

Kazu deixa as pálpebras caírem lentamente.

– Eu estava muito curioso, afinal... por que essas quatro pessoas tinham ido se encontrar com mortos, mesmo sabendo que, pelas regras do café, não poderiam mudar o presente por mais que se esforçassem?

Kiyoshi vira uma página do seu bloco de notas.

– Uma mulher voltou ao passado para encontrar a irmã mais nova, morta num acidente de trânsito. Chama-se Yaeko Hirai... Obviamente, vocês a conhecem, certo?

– Sim – Nagare limita-se a responder.

A família de Hirai administrava um antigo hotel em Sendai, e ela, a primogênita, herdaria a empresa familiar. Contudo, esse não era o seu desejo. Então, aos 18 anos, fugira de casa para viver a vida que queria e acabara sendo deserdada. Apenas sua irmã mais nova, ano após ano, a visitava, procurando convencê-la a regressar. Porém, na volta de uma dessas visitas, ela morrera tragicamente numa batida.

Hirai voltara ao passado para reencontrar a irmã.

– Depois de falar com a irmã no passado, retornou de imediato ao hotel da família e assumiu a direção do negócio. Para ouvir diretamente dela a história, fui até Sendai.

Sete anos haviam se passado. Hirai se tornara uma excelente hoteleira.

– Perguntei a ela: "Por que, mesmo sabendo que não poderia mudar o presente, você foi se encontrar com a sua finada irmã?" Rindo da minha pergunta indiscreta, Yaeko respondeu:

"Se eu me tornasse uma pessoa infeliz devido à morte da minha irmã, teria sido como se a morte dela fosse a causa da minha infelicidade. Por isso, eu decidi não ser infeliz. Jurei para mim mesma que tentaria ser feliz. Minha felicidade seria o legado da vida da minha irmã."

– Ouvindo essas palavras, percebi que eu estava errado. Porque sempre achei que eu ser feliz seria injusto para com a minha esposa.

Kiyoshi deixa o olhar cair com vagar para o presente que traz na mão.

– Isso significa, então, que a sua esposa não está mais entre nós? – Nagare pergunta em voz baixa.

Kiyoshi parece decidido a evitar que a atmosfera se torne sombria.

– Exato. Aconteceu há trinta anos – responde, tentando atenuar o impacto da notícia.

– Então, foi no último aniversário da sua esposa? – indaga Kazu.

— Sim — confirma e olha para a mesa do centro. — Naquele dia, havíamos combinado de nos encontrarmos aqui no café, mas eu não pude vir devido a um imprevisto no trabalho. Na época, não tínhamos celular, e ela acabou esperando por mim até o café fechar. No caminho de volta, ela se envolveu num assalto que estava ocorrendo na vizinhança.

Dizendo isso, Kiyoshi ajusta bem o boné.

— Me perdoe. Eu não sabia e acabei sendo inconveniente... — desculpa-se Nagare, abaixando bastante a cabeça.

Ele está se desculpando por ter dito que não via necessidade de Kiyoshi retornar ao passado só para entregar o presente à esposa. Claro que ele não tinha culpa, pois desconhecia a morte dela. Porém, estava se sentindo corroído pelo remorso.

Tirei uma conclusão precipitada, quando deveria ter ouvido a explicação até o fim.

— Não se preocupe. Eu é que deveria ter explicado com mais detalhes desde o início... Peço desculpas — apressa-se Kiyoshi em dizer, abaixando a cabeça. — Se eu tivesse cumprido o nosso trato, talvez minha esposa não tivesse morrido. Carreguei por trinta anos esse remorso. Porém...

Kiyoshi fica em silêncio após essas palavras e olha para Kazu.

— Não importa o quanto eu me arrependa, isso não a trará de volta.

Comovido com as palavras de Kiyoshi, Nagare arregala os olhos em direção a Kazu.

Kazu...

Ele parece querer dizer algo, mas a voz não sai.

Kazu observa vagamente a mulher de vestido.

Kiyoshi fita com carinho a caixa com o colar.

— Por isso eu desejo, pelo menos, entregar o presente à minha esposa enquanto ela estava viva — diz, sereno.

Dong, dong, dong...

As oito badaladas do relógio de parede reverberam pelo café.

Kiyoshi se levanta do banco.

— Por favor, me façam voltar àquele dia... ao dia do aniversário da minha esposa, trinta anos atrás, quando ela ainda estava viva. Eu imploro — pede, abaixando bastante a cabeça.

Porém, o rosto de Nagare continua anuviado.

— Veja só, Kiyoshi, há uma coisa que você precisa saber — começa ele, parecendo escolher a dedo as palavras por ser algo difícil de dizer. — Bem... é que...

Vendo Nagare desse jeito, Kiyoshi inclina um pouco a cabeça sem entender. Kazu intervém, sempre com o rosto impassível.

— Devido a determinadas circunstâncias, já não é mais possível voltar ao passado com o café que eu sirvo — esclarece ela.

Enquanto Nagare se atrapalhava para explicar a situação, Kazu foi direto ao ponto, como se informasse que o cardápio do almoço do dia estava esgotado.

— Xiii... — Kiyoshi fica decepcionado. — Bem, se é assim... — sussurra e fecha lentamente os olhos.

— Kiyoshi...

Ele se vira para Nagare, que está prestes a dizer algo.

— Ok, não tem problema... Desde que eu cheguei aqui, senti algo diferente no ar — revela Kiyoshi, sorridente. — Fico chateado, claro, mas se não há nada que se possa fazer...

Esforçando-se para não demonstrar o tamanho da sua decepção, ele desvia o rosto dos dois e deixa seu olhar vagar sem rumo. Em geral, qualquer pessoa gostaria de ouvir o motivo de não se poder mais viajar ao passado. Kiyoshi, porém, não pergunta. Seu instinto de detetive, apurado ao longo de muitos anos, sinaliza que não obterá resposta, mesmo perguntando. Sendo assim, não há razão para continuar ali. Ele não deseja causar mais transtorno aos dois.

— Bem, eu imagino que já está na hora de fechar — diz, em meio a uma leve reverência. Estende a mão para a capanga sobre o balcão e começa a guardar o presente.

Nesse exato momento...

Plaft!

O som da mulher de vestido fechando seu livro ressoa pelo salão.

— Opa! — Kiyoshi exclama instintivamente.

A mulher de vestido se levanta devagar e, em silêncio absoluto, caminha em direção ao banheiro. A cadeira está vazia. Ao sentar-se nela, é possível se deslocar para o tempo que se queira.

Entretanto... não há ninguém para servir o café, ele se lembra. Infelizmente, de nada adianta tentar mudar o imutável.

— Bem, está na minha hora... — Kiyoshi cumprimenta Kazu e Nagare, e faz menção de partir.

— Kiyoshi, espere... — Nagare o interrompe. — Por favor, dê o presente à sua esposa.

Por um instante, Kiyoshi fica confuso com as palavras de Nagare.

— Mas, sem Kazu para servir o café, não há como voltar ao passado, não é?

— Não vai ter problema...

— O que você quer dizer com isso?

Kiyoshi havia estudado as regras para se retornar ao passado por um ano inteiro. Ele ouvira que somente uma mulher da família Tokita poderia servir o café que levava de volta ao passado.

— Espere um pouco, por favor — pede Nagare e se dirige ao cômodo dos fundos.

Kiyoshi volta seus olhos vacilantes na direção de Kazu.

— Eu não sou a única mulher na família Tokita... — declara ela.

Isso quer dizer que há no café outra mulher que eu não conheço?, pensa Kiyoshi.

– Vamos, depressa com isso – ouve-se a voz de Nagare vindo do cômodo dos fundos.

– Finalmente chegou a vez de *moi* aparecer, né? – É a voz de uma menina respondendo.

– Aaah... – reage Kiyoshi ao reconhecer a voz.

– Sua espera terminou, *monsieur* – dizendo isso, Miki surge do cômodo dos fundos.

Kiyoshi achava que somente mulheres adultas poderiam servir o café.

– É o *monsieur* que deseja voltar ao passado?

– Miki, por favor, fale a sua língua – queixa-se Nagare, irritado, mas ela faz que não, movendo o dedo indicador como um limpador de para-brisa enquanto, fazendo um bico, solta uns *tsc, tsc, tsc...*

– Impossível. *Moi...* não sou japonesa – revida.

Como se previsse a resposta de Miki, Nagare franze o cenho de um jeito pouco natural.

– Ah, que pena! Pelas nossas regras, somente pessoas de nacionalidade japonesa têm permissão para servir o café para a viagem ao passado.

– Brincadeirinha! *Moi* sou japonesa, sim! – exclama Miki, sem nenhum acanhamento e dando um rodopio.

Nagare solta um leve suspiro.

– Ok, ok, todo mundo já entendeu. Vê se faz logo os preparativos. – Com um aceno de mão, Nagare instrui que ela vá para a cozinha.

– É pra já – responde a menina com entusiasmo e sai rapidinho.

Enquanto essa conversa se desenrolava, Kazu continuava de pé, calma e alheia, como se tivesse desaparecido.

– Kazu, vai lá ajudar, por favor... – pede Nagare.

– Claro – responde, faz uma reverência para Kiyoshi e segue para a cozinha a passos silenciosos.

Depois de se certificar que ela já foi, Nagare volta-se para Kiyoshi.

– Desculpe... – pede. Provavelmente está se desculpando pelo comportamento de Miki, num momento em que o homem desejava voltar ao passado para encontrar a esposa falecida. Contudo, Kiyoshi não se importou nem um pouco. Não apenas está se sentindo em paz com a conversa encantadora entre Miki e Nagare, como, mais que tudo, está alegre em saber que poderá viajar no tempo. Sente o coração acelerar.

Olha, então, para a cadeira.

– Eu nunca poderia imaginar que a pequena Miki me serviria o café... – confessa.

– Semana passada ela fez sete anos... – explica Nagare com o olhar na direção da cozinha.

– Ah, agora que você falou... – lembra-se Kiyoshi subitamente.

Uma mulher da família Tokita precisaria ter mais de sete anos para servir o café que permitiria a viagem. Kazu já lhe dissera isso, mas não parecera relevante e ele havia esquecido até aquele momento.

Kiyoshi volta a olhar para *aquela* cadeira e caminha até ela, como que misteriosamente atraído.

Eu poderei voltar ao passado.

Esse pensamento lhe aquece o coração.

Virando-se, encara Nagare.

– Por favor, sente-se – convida ele.

Kiyoshi respira fundo e, com lentidão, desliza o corpo entre a mesa e a cadeira. Seus batimentos cardíacos disparam.

Senta-se e retira da capanga o presente que guardara pouco antes.

— Kiyoshi... — diz Nagare, aproximando-se ainda aflito com o que se passa na cozinha.

— Sim, o que foi? — Kiyoshi levanta a cabeça.

Nagare se abaixa bem e coloca a mão em concha próximo à orelha de Kiyoshi.

— Será a primeira vez que Miki servirá o café. Ela vai estar exultante, porém muito tensa... Talvez ela queira lhe explicar todas as regras. Peço desculpas, mas, por ser o primeiro trabalho dela, poderia ter um pouco de paciência? — sussurra Nagare, como se estivesse contando um segredo.

Kiyoshi compreende o sentimento paterno de Nagare.

— Claro — sorri.

Pouco depois, Miki vem da cozinha, a passos curtos.

Ela não está usando uma gravata-borboleta nem o avental vinho como Kazu, mas colocou o vestido predileto rosa, estampado com as flores das cerejeiras. É o avental que Kei, sua mãe, usava e que foi ajustado por Nagare para as medidas da filha.

Miki segura com mãos trêmulas a bandeja na qual estão o bule prateado e a xícara de café branca. Assim, a cada passo, a xícara sobre a bandeja emite um ruído.

Kazu a supervisiona da cozinha.

— Miki — chama Nagare. — A partir de hoje, você substituirá Kazu no trabalho de servir café aos clientes que se sentarem nessa cadeira. Tudo bem? — pergunta com doçura.

Finalmente o dia chegou.

Sua menina, tão ingênua, assumirá um papel especial. Nagare experimenta sentimentos contraditórios, como se a estivesse entregando ao noivo no altar.

A menina, no entanto, ignorando o que vai no coração do pai, se concentra em fazer com que a xícara e o bule sobre a bandeja não tombem.

— Hã? Quê? — replica ela, impaciente.

Miki não compreende o sentimento de Nagare nem a relevância do que está prestes a executar. Porém, Nagare está feliz ao sentir que ela ainda é uma criança, ao ver seu esforço para servir o café.

— Nada, esquece... — suspira ele. — Vai firme — sorrindo, incentiva a filha com um cochicho.

Entretanto, suas palavras mal chegam até ela.

— O senhor conhece as regras? — pergunta Miki para Kiyoshi.

Kiyoshi olha discretamente para Nagare, que, mudo, meneia a cabeça.

— Poderia me explicar? Posso segurar a xícara e a bandeja enquanto isso — responde ele com delicadeza.

Miki assente vigorosamente e de imediato lhe entrega a bandeja. Segurando apenas o bule, começa a explicar as regras.

Como as regras já são do conhecimento de Kiyoshi, a explicação termina em questão de dois ou três minutos.

Embora Miki tenha esquecido de avisar que ele não poderá se afastar da cadeira, além de outros pormenores, Nagare, que escuta a seu lado, mostra-se condescendente.

Deixa pra lá. Afinal, ele já sabe mesmo...

Por sua vez, Miki dirige a Nagare um sorriso de orgulho e deixa escapar um gesto de triunfo.

— Perfeito — elogia Nagare. — Vamos adiante. Kiyoshi está esperando.

— Tendi! — exclama Miki, toda alegre. — Vamos continuar? — pergunta, dirigindo-se a Kiyoshi.

Até então, quando era Kazu quem explicava, fluía uma atmosfera extremamente solene, a ponto de se ter a impressão de que a temperatura no interior do café caíra.

Porém, com Miki é diferente. Sua expressão fofa e sorridente é meiga como a de uma mãe contemplando com carinho o seu bebê. Não parece a de uma menina de sete anos.

Se as auras das pessoas fossem visíveis aos olhos humanos, a de Kazu decerto seria verde-clara e a de Miki, laranja, o que mostra quão calorosa e acolhedora estava a atmosfera ao seu redor.

Inclusive, o sorriso de Miki causava a impressão de que a temperatura ambiente subira um pouco.

Seu sorriso é agradável como quando se está envolto pelos raios de sol primaveris, pensa Kiyoshi.

– Por favor – pede, com um aceno de cabeça.

– Ok – diz ela. – Lembre-se, ANTES QUE O CAFÉ ESFRIE! – exclama, entusiasmada. Sua voz ressoa por todo o recinto.

Alto demais..., pensa Nagare com um sorriso forçado.

Miki eleva o bule prateado a uma altura acima da cabeça e começa a servir o café.

Um fio preto contínuo é despejado na xícara branca.

Para uma menina de sete anos, o bule prateado cheio é um pouco pesado. Ela se esforça para verter o café com uma das mãos, mas o bico do bule oscila de um lado para o outro, e um pouquinho do líquido cai da xícara para o pires, tingindo-o de marrom.

Miki está bastante compenetrada, embora seu estado de espírito em muito difira do ar solene de Kazu ao servir o café. É realmente gracioso vê-la se empenhando tanto. Enquanto a atenção de Kiyoshi se concentra na menina, a xícara se enche de café e uma pequena nuvem de vapor ascende.

Nesse instante, a paisagem ao redor de Kiyoshi começa a se deformar, a ondular.

Para ele, aos 60 anos de idade, tontura súbita significa que a saúde não vai bem.

Justo num momento tão importante...

Kiyoshi lamenta sua má condição física. Porém, seus receios duram apenas um instante.

Logo percebe que seu corpo se vaporizou. Fica chocado, mas pelo menos se dá conta de que a tontura não é nada sério, e acaricia o peito, aliviado. O corpo ascende suavemente e a paisagem circundante começa a tremeluzir.

– Oh! – exclama. Não por ter se admirado, mas porque se lembra de que não pensou no que dizer à esposa que não vê há trinta anos quando lhe entregar o presente.

Kimiko, com certeza, desconhece que neste café é possível voltar ao passado.

À medida que sua consciência se esvanece, Kiyoshi pensa de que forma entregará o colar à esposa.

Kimiko, a esposa de Kiyoshi, era uma mulher com forte senso de justiça. Os dois se conheceram no ensino médio e partilhavam o sonho de serem policiais.

Contudo, embora ambos tivessem sido aprovados nos exames de seleção, na época, o número de vagas para mulheres era muito reduzido, e Kimiko não pôde realizar seu sonho. Tendo sido bem avaliado em seu trabalho num posto policial, aos 30 anos, Kiyoshi foi alocado na Primeira Divisão de Investigação Criminal. Eles estavam casados havia dois anos quando a promoção aconteceu. Kimiko ficou sinceramente feliz ao ver chegar o dia em que Kiyoshi atuaria como detetive. Ele, porém, começou a se afligir, não se considerando apto.

Kiyoshi era caloroso e amigável. O que o motivara a ser policial fora não só querer fazer um trabalho útil para a sociedade, mas também agradar a Kimiko, que sonhara com a mesma carreira. Contudo, a realidade acabou se mostrando árdua para ele. A Primeira Divisão de Investigação Criminal lidava com tudo quanto era tipo de homicídio. Ele precisava enfrentar os aspectos negativos da natureza humana, como o de tirar a vida de uma pessoa por ganância ou mesmo por autodefesa. E nunca se sentira mentalmente forte para superar essa realidade.

Não posso continuar carregando esse fardo, vou acabar tendo um colapso nervoso.

Em meio a uma crise, decidiu revelar à esposa que "estava pensando em largar a carreira de detetive". Tendo dificuldade de tocar no assunto em casa, com a justificativa de ser aniversário dela, convidou-a para o café onde pretendia abordar o assunto.

Contudo, no dia combinado, entrou uma grave ocorrência. *Bem, vou deixar para outro dia...* Kiyoshi precisou ficar no trabalho, que decerto já não suportava mais. E foi assim que Kimiko se viu envolvida no incidente que resultou na sua morte.

"Trágico" era a única forma de descrevê-lo.

Como Kiyoshi não aparecesse no horário combinado, Kimiko o esperou até o fechamento do café. Ao sair, ela virou à direita e seguiu pela ruela. O trajeto escuro era o mais curto para se chegar à estação de trem. Foi então que presenciou um homem assaltando uma velhinha. Com seu forte senso de justiça, Kimiko não poderia fazer vista grossa ao crime que acontecia bem diante de seus olhos. Com todo o cuidado, ela começou a se aproximar do ladrão, decidida a calmamente persuadi-lo. Isso porque, se o assustasse, não sabia o que ele poderia fazer à idosa.

O homem segurava uma faca. Entretanto, Kimiko estava confiante de que poderia convencê-lo a largar a arma, se conseguisse atrair para si a atenção dele. Todavia, nesse momento, da calçada oposta, alguém gritou: "Ei, você aí, o que pensa que está fazendo?" Ao ouvir isso, o ladrão empurrou a idosa e começou a correr na direção de Kimiko. Ao tentar passar ao lado dela, não se sabe se devido ao pânico ou por ter tropeçado, chocou-se contra ela ainda com a faca na mão. Para ser mais exato, tratava-se de um estilete. Por mais que fosse um objeto cortante, não causaria um ferimento fatal se tivesse atingido o casaco dela. Porém, no esbarrão, a lâmina acertou a pescoço de Kimiko e rompeu sua carótida. Ela morreu devido a uma grave hemorragia.

Se ao menos eu tivesse cumprido o combinado e ido ao encontro...

O incidente deixou uma enorme ferida no coração de Kiyoshi. Desde então, bastava passar em frente ao café, para seu peito apertar. Aquele incidente foi um enorme choque, um trauma que afetou a sua saúde e o marcaria para sempre.

Um coração despedaçado é invisível aos olhos. Sobretudo no caso de Kiyoshi, não era fácil se curar, pois ele acreditava ter sido o causador da morte de Kimiko. Afinal de contas, nada a traria de volta.

Ele acreditava que, por não ter cumprido seu compromisso, causara a morte da esposa. Mesmo sabendo racionalmente que as coisas não eram assim, seu íntimo não conseguia aceitar a fatalidade.

Que direito tenho eu de ser feliz, carregando a morte de Kimiko na minha consciência?

Contudo, depois de conversar com pessoas que tinham voltado ao passado no café, ele resolveu que era hora de mudar.

– Nossa, é verdade mesmo! Um homem surgiu do nada! – exclama uma voz masculina, que faz Kiyoshi despertar.

Enquanto voltava no tempo, havia perdido a consciência.

Atrás do balcão, um homem com um avental que não combina nem um pouco com ele, "Mais parece alguém realizando experimentos num laboratório universitário", observa Kiyoshi como se o estivesse analisando.

Kiyoshi faz uma leve reverência com a cabeça em direção ao homem que, atarantado, chama em voz alta "Ka... Kaname!" e, às pressas, se dirige para o cômodo dos fundos.

Ele não me parece adequado ao café, mesmo que esteja fazendo apenas um bico. Será um novato?

Enquanto reflete acerca de tudo que vê, Kiyoshi prescruta com vagar o recinto.

Apesar de terem se passado trinta anos, a decoração é idêntica. Tudo é exatamente igual, em todos os detalhes. Porém, ele não está confiante de que voltou ao passado. Isso porque o homem chamou por "Kaname". E ele ouvira de Kinuyo que esse era o nome da mãe de Kazu.

Kiyoshi é o único cliente no café. Enquanto está mergulhado nesse pensamento, uma mulher surge do cômodo dos fundos. Está usando um avental marrom sobre um vestido de estampa florida e gola branca, e exibe uma barriga visivelmente proeminente.

Essa mulher...

É Kaname, grávida de Kazu.

Ela sorri.

– Olá, seja bem-vindo – cumprimenta com um breve aceno de cabeça. A fisionomia é tão descontraída, que parece uma pessoa totalmente diferente do fantasma que se senta *naquela* cadeira.

O tipo de pessoa simpática com quem qualquer um logo conversaria sem reservas.

Essa foi a impressão de Kiyoshi ao ver Kaname.

Atrás dela, um homem escondido na sombra observa Kiyoshi, como se tivesse visto uma assombração.

— Será que eu assustei vocês por aparecer assim, de supetão? — pergunta Kiyoshi a Kaname.

— Desculpe-nos, por favor. Meu marido está vendo pela primeira vez alguém aparecer nessa cadeira...

Apesar de se desculpar, Kaname parece estar se divertindo. E, a julgar pelo rosto corado do homem, ele deve estar se sentindo envergonhado por ter reagido daquela maneira.

— Perdão... — pede educadamente.

— Oh, não se preocupe — diz Kiyoshi.

Eles parecem felizes, pensa.

— Você veio se encontrar com alguém? — pergunta Kaname.

— Sim — responde ele.

Kaname olha ao redor do café, e seu rosto mostra uma expressão de compreensão.

— Não se preocupe — repete. — Eu sei o horário que ela virá... — afirma depois de olhar para o relógio de parede do meio dentre os três grandes relógios do café. Assim, Kiyoshi mostra a ela estar ciente de que apenas o relógio do meio indica as horas precisas e que sabe o horário em que ela aparecerá.

— Ah, sim. Ótimo, então... — sorri, como que aliviada.

Lá do fundo, o homem continua a olhar para Kiyoshi com incredulidade.

— Seu marido nunca a viu servindo o café? — Kiyoshi pergunta de repente.

Ainda havia um tempinho até Kimiko chegar. Ele sentia vontade de conversar com Kaname, a mãe de Kazu.

— Meu marido só me ajuda nos dias de folga do trabalho dele. E como agora não é mais possível voltar ao passado se for eu servindo o café... — explica ela.

Pensando bem, parece que Kazu já me disse o mesmo...

– Não é possível voltar ao passado se for você a servir o café? Por quê? – Kiyoshi instintivamente indaga. É o hábito de detetive dentro dele. Sorri ironicamente ao se dar conta de que não consegue se abster de fazer perguntas quando surge a menor dúvida a respeito de algo.

Em resposta, Kaname pousa a mão na enorme barriga.

– Por causa do bebê... – E sorri, toda alegre.

– Hã? – espanta-se Kiyoshi com a resposta. – Por quê?

– Quando a mulher que serve o café engravida de uma menina, o poder é transferido para ela.

Kiyoshi arregala os olhos, surpreso.

– É correta a minha informação de que a sua filha poderá servir o café que permite voltar ao passado apenas quando completar sete anos?

– Exatamente! O senhor conhece bem as regras, né?

Kiyoshi já não ouve mais o que Kaname está dizendo.

Kazu está grávida, mas não parece nada feliz.

Se estivesse alegre com a gravidez, seria natural Kazu estar com um sorriso semelhante ao de Kaname, que agora está diante dele. Todavia, ela não age assim.

Talvez seja porque...

Um pensamento cruza a mente de Kiyoshi.

Nesse momento...

DING-DONG

A campainha toca e, ao mesmo tempo, o badalo do relógio de parede ressoa cinco vezes.

Dong, dong, dong, dong, dong.

É o horário de chegada de Kimiko.

Por um instante, a mente de Kiyoshi dispara, pensando em Kazu e Kaname.

– Parece que ela chegou, né?

Ouvindo a voz serena de Kaname, Kiyoshi respira fundo, decidido, antes de mais nada, a cumprir seu propósito.

— Vamos em frente...

Observando Kiyoshi murmurar aquelas palavras, Kaname pisca para o marido, que entende o sinal e se retira para o cômodo dos fundos. Ela se inquieta, temendo que ele cause constrangimento a Kiyoshi e à pessoa que ele aguarda.

Essa pessoa ainda não apareceu na entrada, mas sente-se a sua presença.

... *Será que Kimiko me reconhecerá?*

O coração de Kiyoshi acelera.

Kimiko ignora que, naquele café, é possível voltar ao passado. Por isso, jamais passará pela cabeça dela que Kiyoshi, aos 60 anos, veio ao seu encontro. Assim sendo, é mais do que certo que não o reconhecerá.

Entretanto, por via das dúvidas, Kiyoshi ajusta melhor o surrado boné, afunda-o um pouco sobre os olhos e espera a entrada de Kimiko.

— Olá, seja bem-vinda — ressoa a voz de Kaname.

Pouco depois, Kimiko aparece.

Kimiko...

Kiyoshi ergue de leve a cabeça e olha para ela. Passando rapidamente os olhos ao redor, ela tira sem pressa o leve casaco primaveril e se senta à mesa do meio. Várias pétalas de flor de cerejeira, que haviam pousado em seus ombros, flutuam até o chão. Quando Kiyoshi ergue a cabeça, vê bem à sua frente o rosto de Kimiko.

— Um café, por favor — pede ela a Kaname, que lhe traz um copo d'água.

— Quente?

— Sim, por favor.

— Saindo um café quente.

162

Ao receber o pedido, Kaname olha de soslaio para Kiyoshi. Quando os olhos de ambos se encontram, ela abre um sorriso e se vira para Kimiko:

– Nosso café é moído na hora e o preparo demora um pouquinho. Tudo bem? – pergunta, com um traço de entusiasmo na voz.

– Sim. Até porque estou esperando uma pessoa – responde Kimiko com simpatia.

– Então, fique à vontade... – ao dizer isso, Kaname olha para Kiyoshi. Depois, volta para a cozinha, parecendo satisfeita consigo própria.

No café ficam apenas os dois. Eles estão sentados um de frente para o outro. Kiyoshi pega a xícara depositada diante dele e, fingindo tomar o café, estuda o rosto de Kimiko.

Trinta anos antes, o crescimento econômico estava no apogeu, e a moda começava a se diversificar. As mulheres andavam pela cidade vestidas com roupas coloridas e elegantes. Todavia, Kimiko não demonstrava interesse por moda. Nesse dia, por baixo do casaco, está usando uma roupa simples: suéter marrom e calça comprida cinza. Seus cabelos compridos até os ombros, amarrados atrás, e sua postura empertigada na cadeira imprimem nela um ar de dignidade.

Assim que Kiyoshi olha por debaixo da aba do boné, seus olhos encontram os de Kimiko.

– Olá – logo cumprimenta ela, sorridente.

Kimiko não é do tipo introvertido. Se a outra pessoa é alguém de idade, ela é sempre a primeira a cumprimentar. Kiyoshi procura devolver uma reverência com a cabeça, mas ela parece não perceber que o idoso diante dela é seu marido.

Parece que as coisas vão se sair bem...

– A senhora é Kimiko Manda? – pergunta ele.

– Como?

Kimiko fica espantada ao ser chamada pelo nome por um completo estranho. Mesmo assim, responde:

— Sim, sou... E o senhor? — Por ter sonhado tornar-se uma policial, ela lida com serenidade diante de uma situação inusitada.

— Na realidade, um homem chamado Kiyoshi Manda me pediu para lhe entregar isto aqui...

— O meu marido?

— Sim.

Dizendo isso, Kiyoshi faz menção de se levantar para entregar o presente.

— Ei! Ei! Senhor!!! — alguém grita na direção de Kiyoshi. — Pare! Sabe bem que não pode fazer isso!

Kaname se aproxima segurando a enorme barriga. Tanto Kiyoshi quanto Kimiko arregalam os olhos ao ouvir o grito repentino.

— O senhor não disse há pouco que estava com uma lombalgia danada e mal conseguia se levantar? — inventa Kaname, piscando um olho para Kiyoshi.

— Ah... é! Hérnia de disco.

Ele se esquecera por completo da regra de que *no passado, não é possível se levantar da cadeira*. No exato momento em que o fizesse, seria arrastado de volta para o presente.

— Ai, ai, como dói... — Às pressas, coloca a mão no quadril, fazendo uma careta de dor. É a atuação de um canastrão, mas Kimiko não suspeita de nada.

— Nossa! Hérnia de disco? Está tudo bem? — pergunta, levantando-se e indo com ar preocupado à mesa de Kiyoshi.

— Tu... tudo bem... — responde ele, indo quase às lágrimas.

Kimiko tratava a todos com gentileza, sem distinção. Preocupava-se de coração e era muito atenciosa. Nunca hesitava ou vacilava. Alguns a achavam metida ou hipócrita, mas ela não ligava. No trem, sempre cedia seu lugar para uma grávida ou um idoso, e se encontrava alguém perdido na rua, logo tentava prestar ajuda.

Isso não tinha relação com o fato de ter pretendido ser policial. Era algo inato, e esse grande charme também atraíra Kiyoshi desde a época do ensino médio.

– Você está realmente bem? – torna a perguntar, preocupada.

– Sim, obrigado – responde ele, desviando o olhar, meio sem jeito.

Está na defensiva, não porque receia que a sua mentira seja desmascarada, mas porque teme que a gentileza de Kimiko penetre seu coração.

– Tenha cuidado, por favor – pede também Kaname com carinho. – E beba o café enquanto está quente... – acrescenta antes de voltar para a cozinha.

– Desculpe, pode deixar – diz Kiyoshi, abaixando a cabeça, inibido.

Contudo, em vez de voltar a se sentar, ela pergunta, olhando para as mãos dele:

– É isso que meu marido lhe pediu para me entregar?

– Hã... sim...

Às pressas, ele entrega a caixa que tem em mãos.

– O que será? – sussurra Kimiko, ao receber a caixa, com olhos curiosos.

– É seu aniversário, não é?

– Hã?

– Hoje.

– Ah, é sim...

Kimiko abre bem os olhos, como se estivesse surpresa, e olha fixamente para a caixa.

– Ele disse que é um presente... Precisou ir a Yamagata em função de um imprevisto. Uma ocorrência urgente. Esteve aqui há cerca de meia hora.

Nessa época, quase ninguém tinha celular. Para cancelar um compromisso, seria preciso ligar para o local do encontro e chamar a pessoa ou pedir a algum conhecido para ir até o local avisar. Caso nenhuma das duas opções fosse possível, a pessoa esperaria em vão durante horas.

Por causa do trabalho, acontecia muitas vezes de Kiyoshi ter a sua programação repentinamente alterada, e quando tinha um encontro com Kimiko, às vezes, pedia a um colega para lhe passar o recado. Por isso, ela não pareceu admirada ao ouvir de um desconhecido que o marido lhe havia confiado um presente.

– É mesmo? – balbucia ela, rasgando o papel de embrulho. Dentro há um colar com um minúsculo diamante incrustado.

Até então, Kiyoshi nunca dera a ela um presente de aniversário. Um dos motivos era a falta de tempo devido à correria do trabalho, mas também porque Kimiko carregava um pequeno trauma por aniversários passados.

Kimiko havia nascido no dia 1º de abril. Justo no Dia da Mentira. Desde criança ganhava presentes dos amigos, que, depois de a felicitarem, começavam a zoar e pegavam-nos de volta, gritando "Primeiro de Abril!". Eles não o faziam por mal, mas, depois de se alegrar por ganhar um presente, ela se magoava ao saber que tudo não passara de uma pegadinha.

E Kiyoshi vivenciara essa situação no ensino médio. Era 1º de abril. Férias escolares, as cerejeiras em plena florescência. Os colegas de turma se reuniram para festejar o aniversário de Kimiko, mas, ao lhe entregar o presente, gritaram "Mentira!". Logicamente, esses colegas não o fizeram por mal. Logo depois entregaram o verdadeiro presente e ela lhes agradeceu com um sorriso, mas Kiyoshi não pôde deixar de reparar, apenas por um instante, uma sombra de tristeza que ela tentava ocultar. Se não estivesse apaixonado por Kimiko, talvez nem tivesse notado. Mesmo depois de começarem a namorar, ela sempre arranjava outro compromisso nesse dia para evitar cair numa pegadinha. Apesar de tudo isso, Kiyoshi voltara ao passado determinado a celebrar, pelo menos, o último aniversário dela.

– Feliz aniversário... – deseja ele, enquanto ela observa fixamente o colar.

– É o meu marido que está dizendo isso? – pergunta Kimiko, olhando espantada para Kiyoshi.

– Como? Ah, sim...

No exato momento em que ouve a resposta de Kiyoshi, densas lágrimas começam a escorrer pelo rosto de Kimiko. Kiyoshi fica emocionado vendo o pranto da esposa. Do dia em que a conhecera até aquela data, ele nunca a vira chorar. A Kimiko que ele conhecia era a "mulher forte", inabalável, não importava o que acontecesse. Mesmo sendo informada diversas vezes não ter sido aprovada por insuficiência de vagas para policiais mulheres, ela jamais chorara. Ele sempre a admirava suportando a decepção e afirmando: "Na próxima, eu consigo." Portanto, ele não compreendia o verdadeiro sentido das lágrimas dela.

– Que... que foi que aconteceu? – pergunta ele timidamente.

Kiyoshi não sabia se ela responderia a um completo estranho. Mesmo assim, não pôde deixar de indagar o motivo daquelas lágrimas.

– Desculpe-me – murmura ela e, em seguida, volta para a mesa à qual estava sentada, tira da bolsa um lencinho e, pressionando o canto dos olhos, enxuga as lágrimas. Kiyoshi lança a Kimiko um olhar apreensivo. Depois de fungar e limpar a garganta, ela força um sorriso.

– Para ser sincera, hoje imaginei que meu marido falaria que quer se separar de mim – confessa.

– O quê? – Kiyoshi custa a crer nos seus ouvidos. São palavras inesperadas.

Ao voltar para o passado teria eu chegado a um mundo totalmente diferente? é seu pensamento, tamanho o choque sofrido.

— Bem...

Mesmo sabendo que deve dizer algo, as palavras não saem. Para ganhar tempo, pega a xícara e, ao beber o café, sente que ele está, com certeza, mais para morno.

— Se não se importa, poderia explicar melhor o que acabou de dizer? — O pedido que instantaneamente sai da boca de Kiyoshi era usado com frequência por ele. Kimiko sorri ao ouvi-lo.

— Você fala como um detetive! — comenta ela, os olhos avermelhados.

— Se não for um incômodo, sou todo ouvidos... — Ele baqueia um pouco ao ouvi-la dizer a palavra *detetive*, mas não conseguirá retornar ao presente preocupado com o motivo das lágrimas dela.

Há coisas que a gente só fala para pessoas em quem confiamos, mas, às vezes, é justamente por ter como interlocutor um estranho que é possível se sentir mais livre para se abrir.

Depois de dizer "Se não for um incômodo, sou todo ouvidos...", Kiyoshi se cala, esperando com calma que ela se disponha a falar. Também não insiste em saber. Apesar de não ter tempo, aposta que ela falará. Kimiko fica de pé em frente à mesa onde se sentou.

As palavras ditas por Kaname, que aparece juntamente com o aroma do café recém-coado, quebram o silêncio.

— Devo deixá-lo aqui? — Usando seu raciocínio rápido, Kaname não coloca o café pedido por Kimiko sobre a mesa central onde ela havia sentado, mas na de Kiyoshi.

— Claro — responde Kimiko, sem pestanejar.

Kaname põe o café e a conta sobre a mesa de Kiyoshi e volta em silêncio para a cozinha.

Kimiko pega sua bolsa e se dirige para a mesa de Kiyoshi.

— Posso me sentar aqui? — pergunta, colocando a mão sobre a cadeira oposta à dele.

— Por favor — responde Kiyoshi, sorridente. — Então? — insiste.

Kimiko respira fundo, com calma.

— Nos últimos seis meses mais ou menos, meu marido tem vivido com um semblante sombrio, e é raro termos uma conversa pra valer — começa ela. — Devido ao trabalho, passa muito tempo fora de casa e, nos últimos tempos, quando volta, só diz "ah", "hum", "entendi", "desculpe", "estou cansado"...

Kimiko torna a secar o canto dos olhos com o lenço.

— Ele hoje me disse que tinha algo muitíssimo importante para falar comigo... Imaginei que, com certeza, iria propor o divórcio... — explica resumidamente com a voz embargada.

Kimiko olha para o colar recebido de presente do marido.

— Propor separação logo hoje... pressupus também que ele havia esquecido que era meu aniversário... — Ela abaixa a cabeça, cobre o rosto com as mãos, seus ombros tremem visivelmente.

Kiyoshi está confuso. Jamais passou pela cabeça dele conversar sobre uma provável separação.

Porém, ele entende o sentimento de Kimiko. Na época, andava exausto, ocupadíssimo com casos superimportantes, e a insônia era constante. Além disso, houvera um tempo em que se questionava sobre a profissão de detetive da Delegacia de Homicídios não ser a mais adequada para ele. Kiyoshi talvez estivesse evitando inconscientemente conversar com a esposa, para não revelar a ela sua intenção de pedir demissão. Aos olhos dela, essa atitude se refletira como uma fase de monotonia antecipatória à conversa sobre divórcio.

Eu jamais poderia imaginar que tivesse dado a ela essa impressão...

O coração das pessoas é algo realmente bem difícil de compreender. Enquanto estamos aflitos com os nossos próprios problemas, podemos até mesmo não prestar atenção aos sentimentos daqueles que nos são caros. Kiyoshi não faz ideia do que dizer à esposa chorando diante dele. Era para simplesmente estar se passando por um colega qualquer seu que foi apenas fazer o favor de entregar algo. Além disso, daqui a pouco, ela morrerá numa tentativa de assalto. Apesar de saber disso, não há nada que ele possa fazer.

Kiyoshi pega com lentidão a xícara. Sente, pela temperatura transmitida à palma da mão, que o café está quase frio.

Ele próprio se espanta com o que diz no instante seguinte:

– Desde que nos casamos, eu não pensei, uma vez sequer, em me separar de você...

Ele sabe que não poderá mudar o presente. Contudo, não suporta o fato de Kimiko morrer carregando essa apreensão. Mesmo que ela não acredite, ele deseja revelar sua identidade e eliminar qualquer coisa que cause sofrimento nela. E somente ele pode fazer isso.

– Eu vim de trinta anos, do futuro... – Kiyoshi se envergonha de dizer isso para Kimiko, que o encara com olhos arregalados. – A conversa importante a que eu me referia não tinha nada a ver com separação... – Ele tosse de leve e se empertiga na cadeira. Como ela continua a encará-lo, ele oculta o rosto sob o boné, envergonhado e arrependido. – Na realidade, eu pretendia comunicar a você o meu desejo de me demitir como detetive... – murmura.

Como a aba do boné lhe bloqueia boa parte da visão, Kiyoshi não vê o semblante de Kimiko enquanto ela o ouve. Mesmo assim, ele continua a falar:

– Diariamente eu ia a locais onde haviam ocorrido assassinatos e lidava com gente sem qualquer empatia pelo próximo... Eu estava exausto. Via sujeitos sem dó de machucar crianças e idosos. Como ser humano, eu sentia mais do que tristeza, talvez até possa chamar de desespero... Foi difícil... Por mais que se procure reprimir, os crimes não cessam. Sentia como se tudo o que eu fazia fosse em vão... Porém, temia contar a verdade e você se enfurecer... Eu não era capaz de tocar no assunto...

Talvez reste muito pouco tempo até que o café esfrie por completo. Ele não sabe se Kimiko acreditará ou não. Contudo, transmite a ela o que é necessário.

— Mas fique tranquila. Acabou que eu nunca desisti de ser detetive... — Depois de dizê-lo, Kiyoshi respira fundo. — E nós nunca nos separamos... — declara num sussurro.

Mentir é para ele um enorme esforço. Sente as palmas das mãos pegajosas de suor. Kimiko ainda não demonstra reação. Ele continua cabisbaixo, encarando fixamente a xícara diante dos olhos, sentindo-se impotente. Porém, disse o que deveria ser dito. Ele tem medo de confirmar o semblante da esposa ao olhar para ele, mas não está arrependido.

— O meu tempo acabou. Já está na hora de partir! — anuncia e pega a xícara.

— Eu sabia... Então é você, Kiyoshi... — sibila Kimiko nesse momento.

Pela entonação, ele depreende que ela ainda tem dúvidas. No entanto, ela o chamou pelo nome. Como fazia desde os tempos do ensino médio.

Ouvindo-a pronunciar seu nome depois de tanto tempo, um brilho carinhoso invade seus olhos. Porém, Kimiko disse "eu sabia", o que o deixa confuso. Com certeza, ela não tem conhecimento de que se pode voltar ao passado nesse café.

— Sabia? Como você sabia?

— Pelo boné...

— Ah...

O boné de caça que Kiyoshi está usando foi um presente dela. Ela o encomendou numa chapelaria e o presenteou quando ele se tornou detetive.

Kimiko olha para o surrado boné.

— Você o usou todo esse tempo, pelo visto... — sorri satisfeita.

— Sim...

Faz trinta anos desde que ele o recebeu de presente. O boné se tornou para Kiyoshi um elemento indispensável.

— Seu trabalho deve ter sido bem difícil...

— Mais ou menos...

— Por que não pediu demissão? — pergunta ela numa voz quase apagada.

Kiyoshi não consegue se livrar do sentimento de culpa por Kimiko ter se envolvido no assalto devido ao seu não comparecimento ao encontro. Por isso, continuar como detetive era para ele uma forma de autopunição.

Sob o boné, Kiyoshi encara a esposa ao responder sua pergunta.

— Porque até hoje você sempre esteve ao meu lado...

— Estive?

— Hum-hum.

— Sério?

— Hum-hum.

Não há qualquer dúvida ou hesitação na resposta dele. De repente, sente alguém observando-o da cozinha. É Kaname, que o encara com serenidade. Ela apenas pisca uma vez.

Já está quase na hora, né?

Kiyoshi entende dessa forma a piscadela. Fita Kaname, sempre com a mão sobre a enorme barriga, e se lembra de Kazu.

Com certeza, a situação dela é semelhante à minha.

Kiyoshi faz-lhe um aceno ligeiro e olha para a xícara.

— Bem, eu preciso ir...

— Kiyoshi...

Quando ele leva a xícara aos lábios, Kimiko sussurra seu nome. Ela se dá conta, pela interação entre Kaname e Kiyoshi, que é hora de se despedir.

— ... e você, está feliz? — pergunta ela, a voz cada vez mais baixa.

— Muito — responde ele, e bebe todo o café de um único gole. Seu coração bate forte. O café já está mais frio do que a temperatura da pele.

Se ela não tivesse piscado para mim, talvez tivesse esfriado por completo.

Kiyoshi olha para Kaname, que lhe envia um sorriso indescritível como despedida.

Ele sente o corpo estremecer... De novo é acometido por uma tontura e, aos poucos, a paisagem ao redor começa a tremeluzir. Num instante, seu corpo se transmuta num vapor alvíssimo.

— Obrigada...

Ele vê Kimiko encostar o colar ao peito.

— ... pelo presente.

E dirige a Kiyoshi um sorriso de genuína felicidade.

— Ele combina bem com você! — diz, encabulado, mas sem saber se suas palavras chegarão ou não até Kimiko.

— Ele voltou!

Kiyoshi desperta com o grito de Miki, que dá uma pirueta e dirige um sorrisão para Nagare.

O primeiro cliente que ela enviou para o passado acabou de voltar, e ela está radiante de satisfação por ter concluído o trabalho. Nagare também suspira aliviado.

— Que ótimo, né, Miki? — ele a elogia e acaricia com doçura sua cabeça.

Apenas Kazu mantém a expressão impassível de sempre e, sem a euforia incessante de Miki, pega a xícara de Kiyoshi.

– Como foi? – pergunta Kazu.

– Quer dizer que você está grávida, né? – É a primeira coisa que ele diz.

Kabum, plaft, katabum, plaft...

O som alto da bandeja se espatifando no chão ressoa pelo café. Foi Nagare quem a deixou cair.

– Pai, para com esse barulho! – ralha Miki.

– De... desculpe... – Nagare pega às pressas a bandeja.

– Tá tudo bem – responde Kazu, sem alterar o semblante.

– Como você soube? – pergunta Nagare.

– Eu me encontrei com a mãe dela, que estava grávida – explica Kiyoshi, olhando para Kazu. – Ela também disse que não podia mais servir o café para fazer as pessoas voltarem ao passado...

– Ah, é mesmo? – lança Kazu, enquanto entra na cozinha para levar a xícara de café usada por Kiyoshi.

Nesse momento, Kaname, a mulher de vestido, volta do banheiro.

Kiyoshi se levanta e, com uma leve reverência, cede a ela a cadeira. Kazu volta da cozinha, trazendo o café de Kaname.

– Sua mãe estava tão feliz... – sussurra ele, quando Kazu oferece o café a Kaname.

Ela fica parada após pousar a xícara na mesa.

Isso não dura mais que um segundo. Tanto Nagare quanto Kiyoshi esperam ansiosos a reação de Kazu.

– Ah... – É Miki quem quebra o silêncio constrangedor. – Olhem só! – exclama e, se agachando, pega algo.

Entre o polegar e o indicador, há uma pétala de flor de cerejeira. Ela deve ter viajado até aqui, carregada na cabeça ou no ombro de alguém...

Olhar uma pétala da flor é uma maneira de perceber a chegada da primavera.

– É primavera! – brada Miki, estendendo a pétala recolhida, e Kazu sorri com suavidade.

– Desde aquele dia em que mamãe não voltou do passado... – começa a contar Kazu numa voz calma. – Eu sempre tive medo de ser feliz.

Suas palavras não parecem direcionadas a alguém ali presente. Ou seja, ela parece dirigir-se ao próprio café.

– Naquele dia, minha mãe desapareceu de repente... E os dias alegres e a felicidade da pessoa mais preciosa para mim sumiram num piscar de olhos.

Lágrimas começam a escorrer.

Desde o dia em que a mãe não retornara do passado, Kazu nunca mais fizera amigos, nem mesmo na escola. Tinha medo de perdê-los de uma hora para outra. Não participava de grupos ou grêmios estudantis. Nunca aceitava convites para sair e se divertir. Quando as aulas acabavam, ela voltava direto para casa a fim de ajudar no café. Não mantinha relacionamentos nem se interessava pelas pessoas. Tudo isso porque vivia repetindo para si mesma: *Não tenho o direito de ser feliz...*

O café passou a ser o centro de sua vida. Ela não precisava e não desejava mais nada, vivendo apenas para servir café... Tentava, assim, expiar a culpa que sentia em relação à mãe.

Lágrimas também escorrem pelo rosto de Nagare. São as lágrimas de um homem que, desde o dia do ocorrido, esteve ao lado de Kazu, cuidando de sua angústia.

– Comigo também foi assim – sussurra Kiyoshi. – Se eu tivesse cumprido o combinado, talvez a minha esposa... Ela morreu por minha culpa, por eu não ter comparecido ao encontro marcado. Eu achava que não merecia ser feliz.

E, da mesma forma, o trabalho de detetive passara a ser o centro de sua vida. Ele escolhera intencionalmente um difícil caminho, aprisionado ao pensamento:

Não tenho o direito de ser feliz.

— Mas eu estava errado, e foram as pessoas com quem me encontrei, graças a este café, que me abriram os olhos para isso.

Ele não entrevistara apenas Kaname e Hirai, que voltara ao passado para encontrar a irmã mais nova. Também conversara com uma pessoa que fora encontrar o namorado de quem se separara, e uma mulher que voltara ao passado para ver o marido que perdia a memória. Depois tivera o homem que, na primavera do ano anterior, fora se encontrar com o grande amigo, morto vinte e dois anos antes, e o filho que, no outono, fora encontrar a mãe que falecera devido a uma doença. E, no inverno, mesmo sabendo que estava prestes a morrer, um homem retornara ao passado para desejar felicidade ao amor de sua vida.

— As palavras que ele deixou me emocionaram profundamente.

Kiyoshi retira do casaco o seu bloco de notas e lê em voz alta as frases anotadas.

... Se daqui em diante você tentar encontrar a felicidade, isso significará que ela usou seus setenta dias de vida para te fazer feliz. Nesse caso, a vida dela teve sentido. Cabe a você criar um sentido para essa criança ter recebido o dom da vida! Por isso, você precisa tentar ser feliz. Era o que essa criança, mais do que qualquer outra pessoa, tanto desejava!

— Ou seja... A maneira como eu viverei criará a felicidade da minha esposa.

Talvez por ter lido inúmeras vezes essas palavras, apenas essa página está rasgada devido ao manuseio.

As palavras parecem ter tocado o coração de Kazu, a julgar pelas lágrimas que voltam a escorrer.

Kiyoshi guarda o bloco de notas no bolso interno do casaco e ajusta o boné.

— Não acredito que a sua mãe não tenha retornado para fazer você infeliz... Por isso, tenha o seu bebê... afinal...

Kiyoshi respira e se vira para Kazu, que observa Kaname.

– Você tem o direito de ser feliz – conclui.

Em silêncio, Kazu fecha lentamente os olhos.

– Obrigado pelo café – agradece Kiyoshi e, depois de colocar as moedas sobre o balcão, caminha em direção à saída.

– Ah, já ia me esquecendo...

Ao se aproximar da porta, ele para de repente e gira o corpo.

– Aconteceu algo? – pergunta Nagare.

– Não, não... – responde Kiyoshi, virando-se para Kazu. – Minha esposa adorou o colar que você escolheu – diz, abaixando a cabeça, e sai.

DING-DONG

O silêncio volta a reinar no café.

Miki, talvez aliviada por ter concluído sua tarefa, começa a cochilar, segurando a mão de Nagare.

– Ah, claro...

Nagare está convencido do motivo de Miki de repente ter se acalmado. Ele a pega no colo.

Do dedo indicador dela, uma pétala de flor de cerejeira cai flutuando.

– Já é primavera – sussurra Nagare.

– Maninho...

– Diga.

– Acho... que posso tentar ser feliz, não posso?

– É óbvio que pode. E ela assumirá o controle agora...

Nagare ajeita Miki em seus braços.

– Não se preocupe – continua, e vai com a criança para o cômodo dos fundos.

– ... Hum.

* * *

O longo inverno estava chegando ao fim.
Desde aquele dia, o interior do café não mudou.
– Mãe...
No teto, o ventilador de madeira gira lentamente.
– Eu...
Três grandes relógios de parede, cada qual marca uma hora diferente. A luz das luminárias de teto com cúpula tinge de sépia o interior do café.
Como se o tempo tivesse parado, Kazu respira profunda e lentamente, e coloca a mão de leve sobre a barriga.
– Vou tentar ser feliz! – exclama.
Sem tirar os olhos do romance, Kaname sorri com doçura. Seu semblante satisfeito é o mesmo que, quando viva, dirigia a Kazu.
– Mãe?
No instante em que Kazu sussurra, o corpo de Kaname começa a subir, flutuando como o aroma que se ergue do café recém-coado.
Por um tempo, vê-se o vapor vagando pelo espaço, até que desaparece como que diluído no teto.
Kazu fecha os olhos devagarzinho.
Depois que Kaname desaparece, um cavalheiro de meia-idade surge sentado na cadeira. Ele pega o romance deixado sobre a mesa e o abre na primeira página.
– Poderia me trazer um café, por favor? – pede a Kazu.
Ela permanece imóvel por um tempo. Calada, olha para o teto, mas, por fim, dirige o olhar para o cavalheiro de meia-idade.
– Pois não... – responde, e vai, feliz da vida, para a cozinha.

* * *

As estações se sucedem.
  A vida, também ela, passa por invernos rigorosos.
  Porém, sempre depois de um inverno, vem a primavera.
  Aqui chegou uma primavera.
  A primavera de Kazu acaba de começar.

MAPA DAS RELAÇÕES ENTRE OS PERSONAGENS

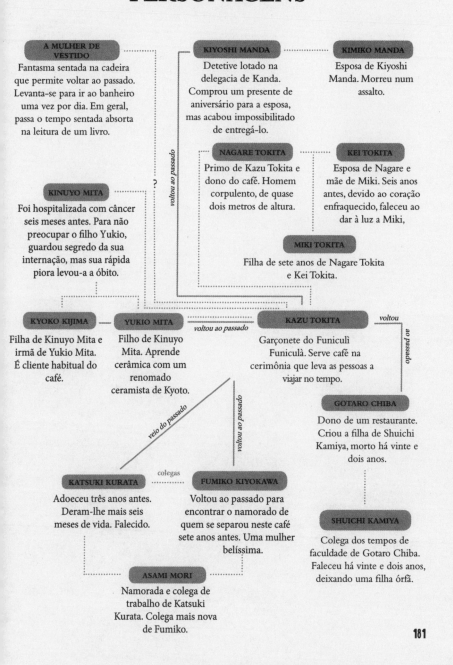

Papel: Pólen natural 70g
Tipo: Bembo
www.editoravalentina.com.br